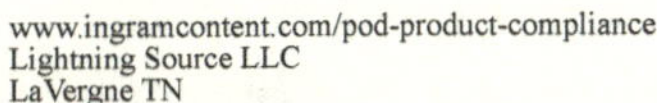
www.ingramcontent.com/pod-product-compliance
Lightning Source LLC
La Vergne TN
LVHW091103150826
845673LV00002B/697

9789778837148

عزبة جهنم

تأليف:
يوسف خالد

اسم الكتاب: عزبة جهنم

نوع الكتاب : رواية

تأليف: يوسف خالد

التدقيق اللغوي: دعاء عطية

تنسيق داخلي وتعبئة: جهاد محمود سيد

تصميم الغلاف: دعاء عطيه

رقم الإيداع: 2024/15323

الترقيم الدولي I.S.B.N : 9789778837148

جمهوريةمصرالعربية ـ القاهرة

مدير النشر: أحمد مكي جهاد محمود

01142340175 -01208209008

Ahmedmakay79@gmail.com

عزبة جهنم

الإهداء

أُهدي هذا الكتاب -وهو خامس أعمالي الورقية وثاني عمل بمفردي- إلى أبي وأمي قبل أي شخص، وشكرًا لكل من كان بجانبي في هذه الفترة الصعبة.

وأشكر أخي الكبير الذي كان يسمعني ويشاركني كل لحظة في حياتي...

أخي الغالي ومديري: أ/ خالد ضاحي

وكانت أشهر كلماته:

"ما زال القدر يحمل لنا السعادة"

شكرًا لكل أصدقائي...

المقدمة

لا تعلم ما الذي سيحدث في المستقبل، ولكن تعلم ما سينتهي إليه الأمر

أنت من ستموت في النهاية...

إن الحياة عبارة عن شهوات، تتحكم، تؤثر، تدمر

وقال الدكتور أحمد خالد توفيق:

كم أنا سيئ في حق نفسي.

الفصل الأول:

"اللعبة"

أوقات الخوف بيمنعنا نطير، وبيخلق نوع من أنواع الاضرابات النفسية، وبيخليك تبعد عن حاجات نفسك تعملها؛ زي إنك تقتل مثلًا....

أه تقتل، استغربت ليه؟

مقتلقتش قبل كده؟

لو استغربت سؤالي يبقى أنت بتفقد أهم حاجة في حياتك؛ وهي الإحساس إنك عملت حاجة كبيرة في حياتك منها القتل... أنت قتلت شخص ولسه عايش معاه، قتلت إحساس وقلب، قتلت ذكرى حلوة كان ممكن تسيبها عايشة حتى لو على الهامش... بس أنت قررت تقضي عليها لمجرد إنها عملالك إزعاج، وتسيب المركب ماشية حتى لو البوصلة بايظة ،وتسيب الشخص اللي واثق فيك برغم كل تخاذل شافه منك وتقرر تمشي لوحدك مع المنافقين، وتمثل معاهم مسرحية التمسك بالوعود.

أوقات بنفكر وبنسأل: هو العيب في مين؟

وبتدأ خناقة في عقلك كبيرة، وتطلع عيوبك وقلبك يحاول يهون، وتكتشف في الأخير إنك أصلًا في المكان الغلط، متخفش...

كده كده كلنا هنقابل زينب.

بتدخل هناء بنت السلماني بشخط في العيال، وبيستغرب سالم جوزها رد فعلها وبيقول:

- كل ده علشان الرز وقع على الأرض قدامهم يعني؟ ده كلام سالم.

هناء عايز تفهّم سالم إن ده آخر أكل في الشقة؛ علشان علاج زينب خلص ومش موجود في المحافظة ولازم ننزل مصر،

وعلي ابنها بيتمشى في مولد أبو حجاج السنوي اللي بيتعمل كل سنة في الأقصر كعادات وتقاليد المكان، بس علي افتكر حاجة...

- فين زينب؟

علشان كده علي جري ناحية العزبة يطمن عليها، وفضل يجري لغاية موصل لأمه هناء وسألها: - هي بنت خالي فين؟

علشان يكون رد هناء العادي:

- إنها في الأوضة؟

لكن بتفتح الباب فجأة ومتلَقيش زينب في الأوضة...

الرعب سيطر عليهم كلهم حتى سالم؛ علشان زينب كانت هناء، الأقصر هتشهد أيام لا يعلمها إلا الله.

وفي ظل كل ده... مولد أبو حجاج شغال بالمواويل والأناشيد والكل بيسمع، والحمص كتير والفول أكتر.

علي قاعد مستغرب من عدم وجود زينب، وسالم نزل يقلب عليها البلد، بس زي منزل زي مهيرجع مفيش جديد؛ علشان تتصل هناء بعصام أخوها وتقوله:

- يا عصام... بنت أخوك مش لَقينها.

عصام الأخ الأوسط اللي يعتبر دلوقتي في مقام أبوها من بعد اللي حصل لإبراهيم السلماني، وييجي عصام والتجمع هيحصل في العزبة ،وتيجي أسماء أختهم؛ علشان يبقى الثلاثي حاضر وتبدأ الخطط، ولكن بيحصل شيء محدش يتوقعه...

مولد أبو حجاج - 1980

المولد زحمة محدش يعرف حد إلا الحرامية والبياعين، وبيظهر الحج إبراهيم السلماني بتحيات على أهل الأقصر وحبايبه ،اتشهر بالكرم والخير، بس كان فيه عيب خطير؛ هو إن عينه زايغة شوية ،بس اتجوز منال على كبر وخلف منها كمان بنتين وولادين.

عيلة السلماني كبيرة جدًا وأسرة مشهورة، والمولد لازم يتعمل باسمهم طبعًا في الدار الكبيرة، منال مبسوطة بحلول المولد بس زينب مبسوطة بحلول شخص معين...

حسن ابن العطار... اللي كان مجرد شخص بيجيب ليهم الطلبات الخاصة بأكل الطيور، بس مريم اختها لاحظت إن فيه بينهم حاجة، بس زينب حلفت ليها وقالتلها: إنه مجرد إعجاب من ناحيتها هي بس، ومريم بصّتلها نظرة مؤامرة ؛علشان ترد عليها زينب بسخرية من كلامها:

- لو فيه حاجة هكدب عليكي ليه!

وفعلًا المولد انتهى بجلسة صلح كان حاضرها إبراهيم السلماني وأخوه عصام تابعة لعائلة فهد بجانب العزبة، بحكم إنهم عائلة كبيرة في العزبة ولازم حد يصلِح ،وهنا بتظهر حكمة إبراهيم

السلماني في إدارة المواقف والرزانة ،وتبدأ الغيرة بينه وبين عصام اللي هو التاني في ترتيب الأخوات.

علي هو الأقرب لمنال في عيالها كلهم لأسباب كتير؛ منهم الشبه ،وكمان إنه دايمًا بيوصِّل ليها الكلام اللي بيقوله إبراهيم السلماني ،أما أحمد الابن الأكبر فكان خبيث، مش بيتكلم خالص ،وأناني ودايمًا ساكت، طماع وجشع، مش بيحب زينب ولا بيحب مريم... بس بيحب الفلوس جدًا.

وفي يوم مشؤوم يدخل عصام على إبراهيم الوكالة يطلب منه طلب غريب؛ هو إن سليمان ابنه يتجوز زينب، الطلب ده بيفاجئ إبراهيم جدًا، ولكنه بالفعل بدأ يفكر فيه، سليمان منهم، وشغال معاهم، وغير كده ابن اخوه مش هيخدعه، وبيقول إبراهيم السلماني لمنال الطلب اللي طلبه منه عصام وبياخد رأيها، والمفاجأة إن منال وافقت.

ناقص زينب تعرف...

بيدخل الأب بدندنته اللطيفة وهي بتسرح شعرها، زينب بتحب أبوها جدًا؛ علشان كده بتوافق على أي حاجة بيطلبها منها، وبيبدأ يمهد الموضوع ليها بالكلام على البيت والعيال، وإنه عايز يفرح بيها قبل ميموت، بس اللي مكنش عامل حسابه إن

زينب هتتصدم في القرار ده؛ وهو إنها هيتكتب كتابها على ابن عصام السلماني...

صعقة مطر في ليالي شتوية ...زينب لأول مرة متعرفش ترد على أبوها، ولا عارفة تقبل ولا ترفض، بس كل اللي شافته هو حسن قدام عينها وبيضحك ليها، وبيقولها:

- متخافيش... أنا معاكي.

قصة حب وهمية في دماغ زينب بس، وبتخرج مع خروج إبرهيم من باب الأوضة وهو بيقول:

- السكوت علامة الرضا... "زغاريت يا حرمة"

زينب لسة بتحاول تاخد الصدمة منهم وبتحاول تكشف عن نفسها، مريم حاسة بأختها، بس أختها دلوقتي مش حاسة بنفسها ،العزبة كلها عرفت إن بنت ابراهيم هتاخد ابن عصام والعزبة هتفرح بيهم، وأسماء وهناء في البيت الكبير، وزينب بتحاول تبتسم قدامهم ، ومريم تلاقي في عين زينب الحسرة والكسرة والألم ،ومن عادات العزبة إن العروسة تزور أولياء الله الصالحين قبل الجواز، وكانت الرحلة عبارة عن منال وزينب بس، وهناك بتحصل حاجة غريبة؛ وهي إن زينب هتقول شيء محصلش ...

في ظل الدعاء على المقام وتمني الخير، بتقول زينب لأمها منال:

- أنا عايزة أقول حاجة بس نخرج من هنا...

بتقلق الأم جدًا وبتستغرب الكلمة، وفعلًا بتسحبها من إيدها؛ علشان تعرف هي عايزة إيه؟

واللي اتقال مكنش متوقع، واللي فضلت زينب تمهد فيه كتير جدًا:

- أمي... حسن غواني وحصل حاجات بينا متتحكيش.

منال بتسمع الكلام في صدمة كبيرة، وبيتبعها كملة:

- أنتِ بتقولي إيه؟

زينب بتقول كلام مستحيل إنه يكون حصل ،ومنال لطمت على وشها بصريخ وبتعيد نفس الكلمة:

- أنتِ بتقولي إيه؟ امتى ده حصل، وازاي؟

زينب بدأت تدمع؛ لأنها أول مرة تحس إنها غلطت في القرار ،وإنها فحتت أبواب النار عليها ، وأول بوابة وأقواهم إبراهيم السلماني ،اللي لما وصلت زينب خدها الأوضة الخاصة بيهم وسألها تاني:

-اللي أمك بتقوله ده صح؟

على أمل إنا تقول لا غلطت، بس كانت زينب بتفكر في مليون حاجة قبل متاخد القرار الأخير، كان علي داخل بحسن مربوط بحبل عريض ومخلي وشة غرقان بدمه، وبيقول حسن في حالة من الاستغراب الشديد:

- هو في إي يابا؟

ليقول إبرهيم السلماني في كسرة قلب فظيعة:

- أنت ضحكت على بنتي... وأنا اللي عمري مكنت أشك إنك تعمل حاجة زي كدا.

بيرد حسن بصريخ:

- يابا ضحكت على مين؟ والله مضحكت على حد؟ ويبص لزينب و يقولها:

- ردي، أنا عملت حاجة معاكي؟

ترد زينب سريعًا بدون تفكير:

- أه... ضحكت عليا كل ده، هو علشان بحبك تعمل معايه كده؟

حسن بيحس لثواني إنه في فيلم ومش فاهم حاجة، وبيحكم إبراهيم إن زينب وحسن يموتوا، وأمر أحمد إنه ياخد زينب للدار القديم ويخلص عليها هناك، وحسن هما هيتصرفوا معاه هنا.

وفعلًا أحمد جه وعينه مليانه قهرة وحسرة على أخته وهو بيقول:

- أنا هقتلك؟

ولما وصل البيت اللي بيبعد عن الدار نص ساعة بيسألها سؤال:

- ليه عملتي كده يا زينب؟

بتقف زينب قدامه وعينها مليانة دموع، وترد تقول بصوت مبحوح:

- أنا معملتش حاجة يا أحمد ،أنا كدبت، أنا اتبليت على حسن؛ علشان هيتجوز واحدة غيري.

أحمد بيبتسم بسخرية وبيقولها:

- بتكذبي برضو وأنتِ خلاص هتموتي.

بتمسك في كتفه وتقوله:

- صدقني... أنا فعلًا مش بكذب المرادي...

في ظل النقاش ده كان الحج إبراهيم مجمع بقيت العيلة وبالذات عصام؛ علشان يعلن عن اللي حصل، ويرفع راسه ويبلغهم إن خلاص بنته اللي عملت خطيئة اتقتلت ،ويقول لسيلمان: إنه خلاص لازم ينسى زينب، وإن اللي حصل إن هي ماتت موتة ربنا ،ونقرأ ليها الفاتحة.

عند الدار القديم كان بكري ماشي بجواهر وبيتغزل فيها ، وهي بتقوله:

- يا جدع حد يسمعنا عيب.

علشان يجاوبها بكري ويقولها:

- المنطقة دي مهجورة من سنين، من ساعة ما الحج إبراهيم ساب البيت، و كمان بيرشح ليها إنهم يدخلوا البيت.

كانت زينب ساعتها بتطلب من أحمد الرحمة للمرة الأخيرة، وهو عينيه مليانة شر وبيقولها:

- أنتِ وحشة، وأنا أحسن حد فيكم، الله يرحمك يا زينب.

ويبدأ بطعنها، وفي الطعنة التانية بيلمحه بكري ،ويصرخ ويقول

- مين؟

أحمد بيسمع الصوت ويسحب السكينة ويجري بره البيت ، وبكري يجري ورا أحمد لغاية ميروح ناحية الجنب الغربي ، كانت جواهر تصوت على البنت اللي وقعت ومش هينفع تعلي صوتها؛ علشان محدش يسمعهم ،وخدت زينب وروحت بيها عند أمها فاطمة ، وكان بكري ساعتها في بيت السلماني:

- الحق يا حج إبراهيم... الحق يا حج إبراهيم... كان فيه حد في بيتك القديم وأول مسمعني جري، كان بيقتل في بنت معرفهاش.

إبراهيم السلماني بيسمع الكلام ويبص لعلي، ويدخل أحمد من ضهر بكري ويتفاجئ؛ علشان يقرب من بكري ويهمس في ودنه ويقول:

- لو حد عرف اللي حصل يا بكري هتحصلها... فهمتني؟

بكري فلاح غلبان وبيخاف، فكانت كلمته الأخيرة:

- حاضر.

اليوم التاني كانت جنازة زينب بنت السلماني اللي ماتت بسبب كانسر في المخ، وكان اللي في التابوت هو بكري؛ علشان السر يفضل سر ،أما زينب وجواهر لسه مش عارفين اللي جاي، وأصبحت زينب بالنسبة لعزبة جهنم كلها ميتة، بس اشمعنى

بكري اللي في التابوت مش زينب؟ وليه أحمد مرحش نفس الدار يشوف زينب؟

هو فعلًا إبراهيم اللي طلب من أحمد إنه يروح يجيب زينب من الدار القديمة، وحكم إن بكري يروح معاهم ويتقتل هناك ويتدفن هناك برضو وزينب، ولما راح أحمد الدار كانت المفاجئة بالنسباله وهي إنه ملقاش زينب؟

وأحمد السلماني يسأل بكري:

- هي فين؟

علشان تكون إجابة بكري:

- معرفش.

بكري اشترى الحق في إنه يضحي بنفسه، ومقلش إن جواهر معاه وأحمد خلّص عليه ودبحه.

وكانت مكالمة إبراهيم السلماني موجودة وهو بيسأل:

- إيه آخر الأخبار؟

وجاوب أحمد بتوتر:

- تمام يابا، هكفّن زينب وبكرة هحطها في نعشها.

- وبكري اللي كان مكانها؟

العزبة مكنش عندها شك أبدًا إن زينب ممكن تكون اتقتلت، الشك اللي كان موجود كان في حسن نفسه؟ العريس المنتظر اللي كان قاعد قدامهم راح فين؟

طبيعي إنه يكون مات في ظل كل اللي بيحصل ،بس هو حصله حاجة أبشع من كده للأسف من إبراهيم، موت حسن في الوقت ده كان هيعمل شك وحساسية في العزبة، ويخلق نوع من الرعب من أهل البيت بالذات.

بعد ما زينب مشيت مع أحمد إبراهيم السلماني قال لحسن:

- يعني أنت معملتش مع بنتي حاجة؟

مشهد سنيمائي غريب جدًا ونظراته تقلق...

وقال حسن إجابته العادية والحقيقية:

- يابا أنا دخلت بيتك، وعيب كده، زينب أختي والله، وهي بتكدب... والله العظيم بتكدب.

نظرة حسن المكسورة بتقلب بدموع وهو بينادي سعيد الجن ، وطلب منه إن حسن ميتكلمش نهائي، سعيد عمل شيء بشع جدًا؛ وهو إنه قطع لسان حسن وصوابع إيده ،كده سعيد الجن

مبقاش عنده شك إن حسن ممكن يقول حاجة أو يكتب حاجة ، واترمى نحية الترعة اللي هي بعيدة عن العزبة.

الدفنة خلصت بتاعت زينب، وكلهم متجمّعين، وعمّاتها أسماء وهناء موجودين والحزن مسيطر على كل الموجودين وعلى اللي حصل ده كله إلا مريم... اللي هي قاعدة لوحدها؛ علشان هي سمعت كل حاجة...

يعني مريم عارفة إن زينب اتقتلت مش ماتت عادي، وده خلاها متتكلمش نهائي مع أي حد وساكتة دايمًا وبعيد عنهم، وكتبت في الكراسة الرمادي بتاعتها إن زينب قتلها أحمد، بس هي كان عندها إحساس إن زينب عايشة وممتتش...

بيت جواهر كان مليان أطفال وفاطمة قاعدة مش طايقاهم، بتزعق للعيال وبتشتمهم بأمهم ،وجواهر بتطلع على شتيمتها وبتقول:

- إيه يا أمي... ليه أصحى على تهزيقك؟

ترد عليها الست فاطمة بنظرة استهزاء وبتقولها

- مش كفاية اللي أنتِ جبتهالي جوه دي؟ يعني هلاقيها منك ولا منها؟!

علشان ترد عليها جواهر بنظرة حنين لفترة العز، وهي بتقول:

- أنا لو كنت سبتها كانت ماتت يَمَّا، وكمان البت شكلها غلبانة والله.

وقتها بتصحى زينب من نومها المتكرر، وتبدأ في نوبة العياط اللي بتعملها كل متصحى من نومها؛ بسبب الخوف والرعب من المشهد المتكرر اللي بتحلم بيه، وبتدخل عليها جواهر وأمها، وتبدأ زينب تترعش وتتبت فيها أكتر، فتسألها فاطمة بحزن:

- هو أنتِ مين يا بنتي؟

ترد عليها زينب وهي جسمها ساقع، وقلقانة جدًا وفي عينيها التعب:

- أنا بنت السلماني.

بدأت فاطمة تبص لجواهر وتكرر جملة زينب:

- بنت السلماني؟

وبتحس إنها قالت عزرائيل... فاطمة تعرف العيلة دي فرد فرد ،وجواهر واقفة مش فاهمه حاجة خالص، فسألت:

- طب إيه اللي حصل معاكي، احكيلي؟

فتقاطعها فاطمة بتوتر وتقول:

- بنت مين في السلماني؟

فجواهر بصتلها باستغراب وسألتها:

- في إي يَمّا؟

وبتبص زينب ليهم هما الاتنين وتقول:

- أنا بنت إبراهيم السلماني...

وهنا كانت الصدمة لفاطمة قبل أي حد تاني؛ ووقتها فاطمة طلبت من زينب إنها تحكيلها كل حاجة حصلت معاها، وفعلًا تبدأ زينب تحكيلها من أول معرفت إنها هتتخطب لابن عمها لغاية دخول بكري عليهم في الدار القديم، وفاطمة بتسمع القصة هي وجواهر، و هما فضلوا يسألوا نفس السؤال:

- هو محدش خد باله إنك مموتتيش؟

فتجاوب زينب نفسها بإجابة وهي:

- معرفش... بس اللي أنا عرفاه إني مش هسيبهم يا...؟

- أنتِ اسمك إي؟

فردت عليها جواهر:

- اسمي جواهر يا زينب... و دي أمي فاطمة ،متخافيش... محدش عارف إنك هنا، وهنا أمان.

فاطمة لما اتقال قدامها اسم إبراهيم افتكرت حاجات كتير من أيام زمان ،والحب اللي كان بينها وبين إبراهيم قبل ميتجوز منال ، وكل حاجة كانت بينهم، وإنه كان السبب إن جواهر تبقى يتيمة الأب.

بتقطع زينب شريط ذكرياتها بسؤال لجواهر:

- هو أنتِ لحقتيني ازاي؟

بتتفاجئ جواهر من سؤال زينب، وبتبص لفاطمة أمها وبتقول:

- أنا كنت ماشية من هناك مع بكري -فلاح كده- وشوفناكي... يعني في إي؟

وزينب تبدأ في التخيلات بإن حسن ابن العطار قدامها ،وتخاف وتترعب من منظره، حسن ظهر ليها بهيئة مرعبة مليانة دم وشكله مدبوح وبيقولها كلمة واحدة:

- الحقيني يا حبيبتي...

وهي بترد عليه وتقول"

- متخفش يا حبيبي، هجبلك حقك بس سامحني.

فيبتسم ليها ويقول:

- مسامحك... بس لما تجبيلي حقي منهم.

كل الكلام ده يدور قدام فاطمة وزينب اللي مستغربين هي بتكلم مين!

وهي بتبتسم وتقول:

- أحمد... أحمد... أحمد.

بتمسك جواهر إيدها وتقولها:

- أحمد مين يا حبيبتي؟

بترد عليها زينب بنظرة شر وتقول:

- أحمد سندي، أصلي... أقول كان... أحمد هيقابل الناس العزيزة...

جواهر بتستغرب طريقة الكلام جدًا وتسأل زينب:

- قصدك إيه؟

الوحيدة اللي كانت فاهمة كل حاجة هي فاطمة ،وزينب كل اللي بتعمله هي الابتسامة

وبعدها الاحداث تتنقل ليوم حلو في حياة إبراهيم السلماني مع سحر؛ ودي بنت في العزبة عندها حوالي 19 سنة ،بس إبراهيم منجذب ليها ودايمًا معاها، وهو دايمًا كده.

سحر دي تبقى بنت راجل غلبان في العزبة، شغال استورجي وميعرفش بنته بتعمل إيه، وسحر كانت بتروح الوكالة للحج إبراهيم؛ علشان تجيب منه العطارة للبيت عندها، هو شافها ومن ساعتها متشلتش من دماغه؛ لأن سحر حلوة وصغيرة وده اللي مميزها قدام إبراهيم ،وهي استغلّت حب الحج ليها وبتطلب منه كل حاجة.

وفي يوم غريب من أيام جهنم أحمد ابن إبراهيم بيعرف اللي بيحصل بين إبراهيم وسحر، وبدأ يخاف، ده غير التفكير اللي هو فيه عن إن زينب ممكن تكون عايشة.

وفي الناحية التانية مريم... مريم عندها نفس الاقتناع بإن زينب عايشة وممتتش، ورغم إنها دايمًا ساكتة منال مسألتش؛ علشان عندها علم إن مريم كانت قريبة من زينب فأكيد هتزعل عليها ، بس متعرفش إن مريم عندها اقتناع كبير إن زينب ممتتش...

"قال يا مأمنة للرجال.. يا مأمنة للميّه في الغربال"

مثل شعبي

"المصير"

مفيش أصعب من إحساس الضعف وقلة الحيلة، علشان توصل لمرحلة الخوف والرعب أكيد مريت على حاجات كتير، منهم الحاجات اللي بالنسبالنا ملهاش قيمة، وحاجات تانية مش هنصدق إنها مرت بيك ،واكتشاف الطريق كان صعب برضو، والبنت اللي قلبها اتكسر عمرها مبترجع كويسة، ممكن تبقى أسطورة في المكان أو الوقت أو... إلخ

الطمع لما بيدخل وسط الناس وبالذات الأسرة... بيكون الأمر بينهم شبه مثلًا حرب الاستنزاف، وبيسبب في الآخر موت أحد الأطراف بالبطيء لمجرد إنه كان ضعيف ،وزينب مكنتش ضعيفة ، أحمد اللي كان طماع، وهيستغل الطيش اللي إبراهيم أبوه فيه ويعلن الحرب عليه ،والشيطان لما بتتفك سلسلته بيسحب أصحابه إلى جهنم معاه.

وبتبدأ حرب عزائيل المشهورة في قلب دار السلماني قدام عيون مريم ،وبتعرف إن أحمد شيطان بجلابية رمادي، وإن الحياة بتديك فرصة للانتقام، وبالذات لما تكون فاطمة في حياة زينب اللي رجعت من الموت ،واللي كانت قاعدة مع زينب لوحدها

وجواهر في شغلها، والغريب اللي مش مفهوم إنه مع علم أمها بيصبح الأمر أغرب، وفي ظل السكوت المبالغ فيه بتسأل زينب فاطمة:

- هو أنتِ مين؟

بتبتسم ليها ذات الشعر الأصفر الكناري وبتقولها:

- أنا بطة ...جوزي مات زمان مقهور عليا، وأنا عايشة علشان البت جواهر... بس لي السؤال يا زوبة ؟

بتضحك زينب و تقولها

- أصلك في الأول مكنتيش طيقاني وبعد كده حبِتيني فبستفسر عادي، تبتسم ليها وتقوم تخدها في حضنها ، وزينب تنام على كتفها وتبدأ تنعس، فتسألها فاطمة فجأة:

- اشمعنى حسن؟

فتبصلها زينب وترد عليها بكل حنية وجمال:

- علشان حبيته.

بتضحك فاطمة وبتتريق على طريقة زينب وتقولها:

- الحب مش كفاية يا حبيبتي...

بتقوم زينب من مكانها وترد بكل ثقة:

- لا كفاية... أنتِ عارفة... أنا كنت بغير عليه... كنت بتضايق منه مع إننا مش مخطوبين يعني، بس كنت بزعل لما أبويا يزعقله في الشغل ،وعارفة كمان... أنا كنت بفرح لما سيرته تيجي بالخير، وكنت بجري ساعة الضهر على الباب؛ علشان ببقى عارفة انه جي بالخزين ،وكنت بتكلم معاه، أه بتكلم معاه... وهو كان بيرد عليا... بس في دماغي أنا بس ،بس هو محبنيش زي منا محبيته، أنا بس اللي كنت بحبه، لكن هو لا ...كان معتبرني دايمًا زي أخته، لكن أنا مشوفتهوش أخويا أبدًا... هو أنتِ عمرك محبيتي يا بطة؟

تبتسم فاطمة وتاخد نفسها وترد على زينب وتقولها بكل حب واشتياق:

- أه أنا حبيت، بس ده كان زمان أوي يا زينب... بس أنا غيرك، أنا حبيت بعد متجوزت جوازة غصب ،حبيت كده واحد كبير في السن، يعني... كان أكبر مني شويتين؛ علشان بس لقيت فيه الحنان ،أصل أهلي جوزوني لصاحب المغسلة؛ علشان معاه شوية قرشنات ،بس بعيد عنك كان بارد، مكنتش حاسة معاه بأي حب ولا أي حاجة، وهو كان غرضه دايمًا الدلع، مكنش بيقولي كلمة حلوة ،وبعد ما خلَّفت البنت عيني فتحت لقيت

الحنية في عينه ، وقولت مش هسيبه، وهقف قدامه وأقوله: طلقني، أنا مش عايزاك، قبل ميحصل حاجة كنت عنده، وجوزي دخل عليا وأنا معاه ومن صدمته مات، مات وهو مكتشف إني بخونه، بس مكنش يعرف إني بكره عيشته معايا.

والميت خلص والناس روحت والمحروس وعدني وقتها إنه هيتجوزني ،لكن فين وفين بقا لما جه قلِّي مش هينفع نتجوز، يترى أنا كنت حلوة في عينه وكنت عجباه؟ مانا بنت صغيرة وحلوة ،البت كبرت وأهل جوزي مصرفوش علينا جنيه، وكان لازم نشتغل ،وزي مخونت مرة وهو عايش، عادي نخون تاني وهو ميت ،والبت كبرت واتجوزت شاب كده لكن طلقها ورجعت بقت معايا نتدلع ونكسب ،بس أهم حاجة عندي محدش يلمسني لا أنا ولا بنتي... احنا بعنا نفسنا ؛علشان أنا حبيت ، علشان أنابضحك عليكي يا بنت الغالي.

عين زينب بقت بتلمع من الكلام اللي بتسمعه، وسألتها تاني:

- مش هتسامحيه صح؟

فبترد فاطمة:

- كل مأحاول أسامح أشوف بنتي راجعة من ليلة حلوة تلعن اليوم اللي اتولدت فيه ،زعل بنتي على نفسها وزعلي... كل ده ميهونش على نفسي ولا يخليني أسامح.

فسكتت فاطمة لثواني، وقالتلها:

- أبوكي دايمًا خاين...

فتتفاجئ زينب من الكلمة وتقولها:

- أبويا...؟!

فاطمة ترد مع أول دمعة في عينها بتنزل:

- اه أبوكي يا زينب... إبراهيم السلماني.

بتدخل عليهم جواهر بعد شغلها وبتسلم عليهم وحست إن فيه نقاش، فبتقرر فاطمة تسيب المكان وتخرج بره،

بتسيب جواهر وزينب لوحدهم، وجواهر عايزة تعرف إيه اللي حصل، بس السكوت كان مخيم على المكان في كل الأوقات ، ومنال من الناحية التانية مع ابنها علي، اللي يعتبر بينقلها كل حاجة بتحصل في الوكالة والشغل والبيت.

بيفضل علي هو الدراع اليمين لمنال ،ولما زينب كانت في يوم لوحدها وبدون أي مقدمات يجِلها حسن في الهيئة المخيفة بتاعته يطلب منها المساعدة، ويكرر جملته تاني:

- مش هتساعديني يا حبيبتي؟

وهي تبتسم ليه وعينها كلها حب وتقول:

- طبعًا هساعدك يا حبيبي... أنا عندي كام حسن!

فيديها في إيدها سكينة ويقولها:

- أخوكي أول واحد ،ويختفي مرة واحدة.

تدخل عليها فاطمة تلاقيها ماسكة السكينة في إيدها فتقولها:

- سيبي اللي في إيدك ده يا زينب...

زينب تقول بصوت واطي جدا:

- أخوكي أولنا... أخوكي... بعتت رسالة لفاطمة بس جواهر مفهمتهاش، بس اللي فاطمة فهمته إن الجحيم على الكل، وإن البلد هتشهد أسطورة.

وتبدأ الرحلة بنزول زينب إلى أرض الحياة بنقابها اللطيف ، وتتمشَّى في حواري العزبة العجيبة، وتشوف الدنيا؛ تسمع

أصوات البياعين والتجار، وتشوف البنات في حضن أبهاتهم، وتشوف العشاق في أرض الخير، لكن الهدف معروف؛ وهي الوكالة، راحت هناك؛ علشان تشوف حد تعرفه، وفعلًا شافت علي ومتكلمتش نهائي.

لما رجعت من الوكالة على بيت جواهر بتصادف فاطمة بسؤال:

- كنتي فين؟

كان رد زينب بتوتر:

- كنت بشم هوا وبغير جو، لكن زينب محستتش إنها ممكن تكون في خطر أو حتى ممكن تتأذي، فاطمة اللي قدرت ده ، زينب مش عايزة إلا أحمد بس... وهتوصل لده...

بنروح على بيت السلماني اللي فيه حاجة غريبة؛ وهي إن أحمد بيفتح النار على أبوه بسبب سحر البنت الصغير اللي بيحبها أبوه ، الكلام كله كان قدام منال اللي عارفة كويس طيش السلماني ومقدره اللي هو فيه، لكن السلماني كله جبروت وقوة ومقتنع وكان ردّه:

- أنا لسه فيا الصحة، وأمكم متنفعنيش.

أحمد كان متوقع إن بيت السلماني هيكسبوه الوكالة، طلع خسران كل حاجة حتى الوكالة

وعلي أصًا حلم حياته يهاجر بره البلد، ومريم في صمت تام قربت توصل للي هي عايزة توصله.

زينب هتنزل تاني الوكالة ،بس المرادي معاها جواهر نفسها ،وهتروح الوكالة وهتشوف أحمد، وهتبدأ تلعب معاه لعبة: يا من مسك الهواء... الضحكة العالية، وتعالي نبسطك، لكن أحمد تقيل مش بيجي بضحكة،

بس عجبته المنتقة وهيأتها وسكوتها ،وكانت زينب بتقول لجواهر:

- شكرًا إنك هتسعديني وجواهر تلطم وتقول:

- نفسي أعرف طاوعتك ازاي...

فاطمة بتدخل عليهم وتقولهم:

- كنتوا فين؟

فترد عليها ذات النقاب وتقول:

- كنت عند أحمد أخويا.

فاطمة قالت لزينب:

- هتعملي إي يا زينب؟

فزينب تجاوب:

- هقتل أحمد، بس...

سحر مش سايبه فرصة لحد ياخد إبراهيم السلماني عنها، الحلم بقا حلمين؛ الأول: إنها تتجوز إبراهيم

وإن الوكالة تتكتب باسمها، وطبعًا إنها تكسب أحمد في صفها؛ علشان إبراهيم مكنش الهدف أصلًا، أحمد هو اللي كان بالنسبة لسحر هو المطلوب... وده كلام سحر لسماح صاحبتها.

تنزل زينب اليوم الثالث للوكالة يفاجئها أحمد بتحية من ضهرها ويسألها:

-هي فين صاحبتك؟

حاولت زينب إنها تغير نبرة الصوت وطريقة الكلام: وقالت:

- هي تعبانة منزلتش، وأحمد بيضحك وبيقولها:

- كويس إنها منزلتش.

فبتبصله زينب بعين الكسرة، وفي نفس الوقت الجبروت فيها، وهي نفسها ترفع النقاب وتقول:

- أنا عايشة ...بس مقدرتش، وقالت لنفسها: هتكون في وقتها أحسن... والوقت ده قرب أوي.

- سميرة فرحها بكرة يا أمي، كلمة جواهر اللي بترن في الشقة كلها.

فاطمة بتزغرت من الفرحة، هي سميرة بنت جارتهم أه بس بتحبهم أوي، الكلمة بترن في ودن زينب فتسحب جواهر للأوضة وتقولها على اللي حصل، وتطلب منها إنها تقول لأحمد إنها عايزة تقابله بكرة.

جواهر بتزق إيدها وتقولها:

إي العبط ده؟ أنتِ هبلة!

زينب تقولها بكل حساسية:

- أنا كده كده ميتة، أنا عايزاه عند الدار القديمة، وأوعدك إنك هتبقي في الفرح اللي كله معازيم،

الناس كلها هتشوفك، محدش هيشك فيكي ،مع ضغط زينب على جواهر بتنزل جواهر وبتروح الوكالة.

- يا سيدي أحمد... يا سيدي...

فبيرد عليها أحمد السلماني ويقولها:

- فينك يا بت، عرفت إنك تعبانة من القمر التاني.

بتضحك جواهر ضحكة عالية وتقوله:

- قمر إي! هو أنت شوفتها فين؟

يجاوبها أحمد بابتسامة-

- مش عايزة تنولهالي! فتهمس جواهر في ودنه وتقول:

- طب واللي يجبهالك بكرة عند الدار القديمة!

فيرجع أحمد خطوتين ويقولها:

- الدار القديمة؟! هي هترضى تيجي؟

بترد عليه جواهر بطريقة شعبية:

- دي أم الدلع كله، وعينها منك، بكرة بعد العشاء هتلاقيها هناك... سلام.

وبتمشي جواهر وهي سايبة الضحية في الوكالة، ويا عيني محدش عارف إيه اللي مستنيهم، وزينب قاعدة بتفكر في اللقاء ،

ومنال بتفكر في الزوجة التانية وممكن تعمل إي مع إبراهيم ما هو ... الحب بيعمل أكتر من كده...

جواهر بتلبس للفرح، وفاطمة بتدخل على زينب؛ علشان تديها آخر جملة قبل أي خطوة، فبتحط إيدها على كتفاها وتقولها:

- رجعتي أو مرجعتيش، قتلتيه أو هو الاي قتلك... هتفضلي في عيني أقوى ست شوفتها.

زينب بتبوس إيدها وتقولها:

- أنا مكنش ليا يد في اللي حصل، أنا كنت بحبه والله ...هو اللي سبني، وقولتله أنا كدبت مصدقنيش، وحسن زعلان.

بتسِبها فاطمة وبتخرج، وتبص عليها جواهر وهي ماشية وتقولها:

- خلّي بالك من نفسك يا بت.

فتبتسم ليها زينب وتودعها، وبتقوم تلبس؛ علشان فاضل ساعة على أذان العشاء ،كان ساعتها أحمد في الساحة بيشوف الغفر صحابه وبيتعشا؛ علشان يروح الدار القديم بعد العشاء زي مقالت جواهر.

وفرح سميرة بيبدأ والستات هترقص، وفاطمة بتسحب بنتها في نص الدايرة ،وزينب سكنتها تحت نقابها ومستنية أحمد اللي بيدخل عليها بالغزل، ويقولها:

- تعالي ورااية، ويفتح باب الدار وهي بتدخل وراه، وهو بيقفل الباب بيقولها:

- طلما عينك مني مقولتيش لي يا قمر أنتِ؟ وأول مبيحط إيده على كتفها بيستقبل أول طعنة في صدره، وهي بترفع نقابها وهو بيتخض جدًا، فكلمته وقالتله:

- فاكرني صح؟

- أنا زينب يا أحمد... فاكرني؟ أنا مغلطّش مع حسن وأنت مصدقتنيش، مصدقتش أختك وكنت هتقتلني.

كل الكلام ده بتقوله وهي بتشيل السكينة وتدخلها تاني في كل كلمة وكل حرف، وهو واقع قدامها افتكرت كل شيء تم بينهم واللعب والهزار، زي مفتكرت فاطمة زينب اللي حست إنها اتمسكت أو أحمد خلص عليها، وإن لازم جواهر تفضل ظاهرة قدام المعازيم؛ علشان محدش يشك فيها ،وزينب قاعدة قدام أخواها اللي عبارة عن جثة على الأرض وبتسأله:

- ليه مصدقتنيش يا أحمد؟ ليه يا حبيبي، أنا أقتل... دانا بخاف من الدم يا أحمد ،أنت ليه خلّتني أعمل كده؟ طب أنت مسامحني صح؟ أنا كنت عايزة فرصة منك وأنت مسمعتش حد ودايمًا بتسمع لنفسك بس ،يا ترا بقى هيدفنوك زي بكري... ولا هيقولوا عليك ميت مقتول ؟ وبتلبس نقابها الأسود وتروح بيت فاطمة اللي فضلت في الفرح كتير، ورجعت هي وجواهر؛ علشان يطمنوا على زينب ،فتفتح الباب تلاقي زينب قاعدة بتعيط، وأول متشوفها بتجري جواهر تحضنها، وهي تقولهم:

- قتلته ...فجواهر بتبص لفاطمة وتقولها:

- جالك قلب؟

فاطمة بترد وتقول:

- كده هي ارتاحت... لازم زينب تمشي من هنا ،هناخدها عند خالتك في أول البلد، فبتتصدم جواهر وتقول بعصبية:

- هو أنا عايشة وسط عصابة؟ أنتوا مين؟ إي يا أمي... إي يا زينب... أنتو القتل عادي عندكم كده! دي روح... أنتوا مجانين والله، لولا إنك أمي كنت بلّغت عنّك.

في نفس اللحظة زينب بترفع نفس السكينة وتحطها على رقبة جواهر وبتدبحها...

مع صدمة فاطمة وصويت مفاجئ، وتهديد من زينب لفاطمة:

- لو صوتك عِلِي هتحصليها فاهمة...؟

فاطمة بدأت في نوبة بكاء رهيبة وبتقول وتكرر جملة واحدة:

- بنتي بنتي بنتي.

وزينب قاعدة في ندم وخوف ، وفاطمة مش مصدقة اللي حصل، وبقت زينب القاتلة؛ قتلت أخوها وكمان جواهر، ويا عالم مين الجي.

وبتنزل فاطمة جنب جثة بنتها اللي موجودة على الأرض سايحة في دمها وزينب قاعدة جنبها، وبيحصل نقاش غريب؛ فاطمة بتفتح الكلام مع زينب وتقولها:

- قتلتي بنتي ليه يا زينب؟

زينب بتبصلها وتقولها:

- أنا مقتلتهاش، هي اللي قتلت نفسها، هي اللي كانت بتشجعني أقتل أحمد... ازاي تقولي ازاي قتلتي؟

جواهر كانت وحشة وبتحب الرجالة، وده قدرها يا فاطمة.

فاطمة قالتلها وعينها مليانة دموع:

- بس دي بنتي يا زينب... ازاي عملتي كده؟ أروح دلوقتي أقول لأهلك ولا أقول للحكومة؟

بتضحك زينب وتقولها:

- الحكومة أنا عندهم ميتة، وأهلي أنا عندهم ميتة برضو، أنتِ اللي هتشليها لوحدك، بس هتجيلي... عارفة ليه؟ علشان أنتِ جبانة يا فاطمة ،وبتقرب زينب منها أكتر، وتقولها في عينها:

- أنتِ جبانة؛ جبتي جواهر غصب عنك، واتجوزتي، وأبويا ضحك عليكي وبمزاجك سبتيله نفسك، بس اللي مش بمزاجك إنك هتبقي معايا، ده بقا غصب عنك؛ علشان جواهر زنبها في رقبتك أنتِ وأهلك ...خلفتي بنت رايحة جاية على البيوت والبندر تبسط العزبة و أنتِ السبب مش أبويا... عارفة ليه؟ علشان لو هو شال الذنب كان لازم تقتليه...

بتبص فاطمة في عينها وتقول:

- أقتل إبرهيم؟!

فبتمسكها زينب من الطرحة النبيتي اللي على كتفها وتقولها:

- ده مش سؤال... أنتِ هتقتليه فعلًا يا فاطمة.

الفصل الثاني

"حكاية روح"

الأسطورة مش بتنتهي رغم من وجود عواقب، وزينب مش هتتنسي، حتى لو الكل كذب مريم لسه فاكرة كل حاجة، حتى لو كانت كبرت واتجوزت ،أسامة كان يعرف السر واتجوز مريم رغم اللي هو عارفه، وخدها مصر؛ علشان تعيش معاه ، صدقها وفضل جنبها، وكان بيستحملها وبيستحمل عيالها، وفضل عايش معاها رغم اللي حصل أو اللي هيحصل...

مريم بتصحي أحمد من عز نومه؛ علشان معاد المدرسة، حياة عائلية جميلة وأسرة بسيطة؛ زينب بنتها الكبيرة في كلية آداب قسم إعلام ،وحامد في كلية تجارة، والاتنين في عين شمس ، مريم من حبها في أختها قررت إن أول بنت تخلفها تبقى زينب، وأسامة كان بيحب مريم جدًا، وفعلًا نسي كل حاجة وحشة شافها، مع إنها كانت جوازة صلونات ومش عن حب ،لكن مريم كان نفسها تمشي من بيت السلماني في أسرع وقت، وكانت الطريقة الوحيدة الحلال هي الجواز، فوافقت على أسامة وانبسطت معاه، أما زينب فبتحب شاب معاها في نفس الكلية بس في قسم مختلف عنها، بس هو كل مبيشوفها كأنه بيتكهرب

وبيستغرب شكلها جدًا، كل يوم بتحلو أكتر، وكل يوم بيقرب منها، وهي بتبادله نفس الشعور، وفي يوم غريب بتقرر زينب تحكي لأمها عليه وتفضض معاها شوية، فبتفتح الكلام بدلع مع مريم وبكل كسوف بتقولها:

- ماما... في واحد كده معجب بيا وعايزة أحكيلك عنه.

مريم يتقوم تقف وتردد الكلمة:

- معجب بمين...؟

مريم شافت السيناريو ده وخافت، بتشدها زينب مرة واحدة نحية الكنبة، وهي تصرخ تقولها:

- ماما اسمعيني... والله حسن طيب جدًا...

مريم بتقف وتقولها:

- اسمه حسن كمان؟!

- زينب: هو في إي يا ماما؟ أنتِ مش مدياني فرصة ليه أحكيلك عن أي حاجة؟

مريم بتاخد نفس عميق جدًا وتقولها:

- معلش يا حبيبتي... بس افتكرت حاجة كده، كملي.. مين هو بقى؟ وشغال إيه؟ وبيعمل إيه؟

بتبدأ زينب تحكي كل حاجة عنه؛ شكله وطوله وحتى ضحكته، ومريم بتسمع وتحط إيدها على شعرها وتحس بيها، وتفتكر أختها وطريقتها ،ومع كل ابتسامة من مريم فيه ألف وجع في قلبها ،وبيدخل أسامة عليهم ويفاجئهم:

- بتعملوا إي يا بنات؟

- فترد مريم: في حد يدخل كده؟ مش تخبط الأول!

فأسامة يقلب الموضوع هزار ويوزع الابتسامة على وش زينب البريء، ولسه مريم بتفكر في اللي هيحصل بين زينب وحسن، ومستنية زينب تنام؛ علشان تحكي لأسامة اللي حصل ،فلما بتنام بتقفل الباب الأوضة وتقول لأسامة:

- أنا عيزاك في كارثة، زينب بتحب حسن!

فيرد أسامة بابتسامة:

- هي أختك رجعت تاني ولا الأحلام رجعتلك أنتِ تاني؟

فبتضربه في صدره ضربة خفيفة وتقوله:

- مش بهزر... أنا بتكلم جد، زينب بنتك بتحب واحد اسمه حسن يا أسامة، أنت فاهم حاجة؟

فأسامة يضحكلها ويقولها:

- فيها إي؟ دي أكيد صدفة يا مريم، أكيد مش هيحصل حاجة زي محصل مع أختك زينب، أختك كانت مجنونة.

في ظل الكلام والحوار ده كانت زينب بنتها واقفة ورا الباب بتسمع ومكنتش فاهمة حاجة؛ لأن مريم مكنتش بتحكي حاجة عن أهلها، وكانت اجابة كل حاجة إنهم ماتوا كلهم ومفيش غير عمتها اللي عايشة في الأقصر بس.

وفي اليوم التاني زينب بتقابل حسن في كلية آداب، وبتقعد معاه ويتكلموا، وبتحكي ليه اللي حصل امبارح، حتى موضوع خالتها ده، بس هي كانت مستعجله جدًا؛ علشان عندها محاضرة ولازم تحضرها ،وهي ماشية بيقُلّها:

- متشغليش بالك بشيء، وممكن تكون كل حاجة حصلت فعلًا صدفة، متشغليش بالك.

وهي فعلًا بتسيبه وتدخل المدرج، فلما بتدخل بتلاقي دكتور المادة دخل وبيفتح موضوع مهم جدًا؛ وهو الأساطير، وبيبدأ

يتناقش فيه، ويتكلم عن كل حاجة ممكن يكون فيها أكذوبة و شيء حصل بالفعل ،وفي وسط ملامة زينب بترفع إيدها وتقول:

- طب يا دكتور... هي الأسطورة ممكن تفنى مع الوقت بغض النظر عن قوتها في كل حاجة؟

بيرد الدكتور وهو مبستم:

- أنتِ اسمك زينب صح؟

بترد عليه زينب وهي مبستمة جدًا:

- أه اسمي زينب.

الدكتور: بصي يا زينب... في حكاية قديمة كده بتقول: كان زمان في بنت اسمها زينب، قتلت أهلها كلهم بنفسها؛ بسبب الحب، حاجة شبه كيوبيد كده، القصة دي محدش عارف الحقيقي من الخيال فيها، بس زينب دي أسطورة الصعيد كله ومحدش عارف عنها حاجة لحد دلوقتي بس متنَستش.

بترد زينب وعلى وشها ملامح استغارب:

- فين في الصعيد بالظبط؟

يرد الدكتور:

- في الأقصر، وفي منطقة اسمها العزبة بالظبط ،تيجي بقى يا زينب تشوفي زينب عملت إي متلاقيش، بس بقت أسطورة لا تفنى ولا تنتهي فهمتي...؟

خرجت زينب من المحاضرة دماغها بتفكر في حاجة، ووهي ماشية شافت دكتور المادة فقالتله:

- ممكن دقيقة من وقتك يا دكتور؟

بيقف الدكتور وبيقولها:

- طبعًا اتفضلي...

- فبتسأله: هي زينب الأسطور دي قصتها إيه؟

بيرد الدكتور وهي في حالة تركيز شديد معاه:

- زينب دي كانت بنت من عيلة كبيرة في العزبة، المهم... هي كانت بتحب واحد واتقتلت، وروحها طلعت؛ عشان تنتقم من الكل بالشنق والدبح والسم كمان، ولغاية النهارده محدش عارف هي عايشة ولا ميتة ولا قصتها إيه، بقت أسطورة كبيرة في الأقصر وبالذات أهل الذكر، وبقت مصدر الرعب وبالذات في عزبة جهنم اللي أصبح سكانها قليلين جدًا من كُتر الجرايم اللي عدى عليها اكتر من 35 سنة مثلًا.

زينب بتسمع وبتفكر جامد، فبيقطع حبل أفكارها وبيسألها:

- محتاجه حاجة تاني؟

زينب بترد وتقوله:

- لا يا دكتور، شكرًا.

بترجع زينب البيت وتدخل تلاقي أسامة ومريم قاعدين، فخلع الشنطة قدامهم، ومريم بتقولها:

- أكيد جعانة ومكلتيش حاجة من الصبح، هقوم أعمل الأكل، بس زينب بتمسك إيدها وتقولها:

- لا أنا عايزاكي... وبتبص لمريم وتقول:

- هي أختك زينب دي هي اللي قتلت عيلتك صح؟

- مريم: إي العبط ده!

- زينب: أه هي اللي قتلت عيلتكم كلها: علشان كانت بتحب واحد صح؟

- مريم : أنتِ جبتي الكلام ده منين؟

زينب كملت كلامها وعينها هتنفجر من الدموع:

- صح يا ماما؟ صح ها...؟

بيدخل أسامة في الكلام وبيقول:

- بس أنتوا الاتنين، أه يا زينب هي خالتك، أه هي ...عايزة إي بقى؟

بتستغرب زينب جدًا، وبتقعد على الكرسي وتحط إيدها على راسها...

بتكمل زينب وتقول:

- ازاي مكنتش أعرف كده؟ وازاي محدش قلِّي كده في يوم قبل كده؟

بينزل أسامة على ركبته جنبها، وبيحضنها ويقولها:

- مكنش ينفع نقولك كده، كان لازم السر يفضل سر يا زينب... كان لازم السر يفضل يا حبيبتي.

بتقعد مريم على الأرض وعينيها بتدمع، وزينب تبصلها وتقولها:

- متعيطيش يا ماما، أنا آسفة ...أنا والله زعلت إني معرفش، بس أنا سمعت الدكتور بيتكلم عليها، وبيقول إنها قتلت أعمل إي... حسيت إنها هي... بس لي محكتليش؟ أنا عايزة أشوف خالتي...

أسامة بيقف وبيزعقلها:

- عايزة إي؟

بتكررها مريم:

- أنا عايزة أروح لأختي.

أسامة وهو متعصب جدًا:

- تاني... تاني...

بعد كمية الكلام والإقناع بيوافق أسامة، وهياخد الأسرة كلها معاه ،بس أحمد وحامد مش هيعرفوا السر، وأسامة أكد عليهم إن محدش يقع بالكلام قدامهم.

زينب اتصلت بحسن؛ علشان تحكيله عن كل حاجة، وتقوله يطمن عليها وميسبهاش، وحسن ودعها والشنط اتحضرت فعلًا وبدأت الرحلة...

- الأقصر نورت، دي كانت كلمات حامد وهو بيتريق على الرحلة.

أحمد بيوجه الكلام لأبوه اللي سايق ويقوله:

- يا بابا مش كنا طلعنا جمصة أو شرم ،رايحين الأقصر ليه؟

أسامة ابتسم وقال:

- اسكت بس؛ علشان أنت رغاي أصلًا، دي عمة أمك تعبانة واحنا هنزوها بس، اسكت بقى...

ده كان أغلبية نقاش الرحلة، لحظة الدخول للعزبة كانت لحظة غريبة، صوت صويت عالي في المنطقة كلها، مكنش حد فاهم حاجة اللي فاهمة فعلًا هي زينب بنت السلماني.

عدى من جنب عربية أسامة درويش كبير في السن، وبيسند على العربية وبيوجه الكلام لأسامة بصوت واطي ويقوله:

- خد أهل بيتك وارجع.

أسامة بصله وبص لأسرته وقالهم:

- يلّا نمشي.

زينب ردت وقالتله:

- لا مش همشي، هكمل هنا يا بابا، ومريم برضو اتكلمت وقالتله:

- هو في إيه يا أسامة؟

أسامة سكت شوية وقلهم:

- مفيش حاجة، يلا علشان ننجز.

وبيتمشوا على بيت عمة مريم، وفعلًا وصلوا عند البيت، وبيعدوا العتبة المكسورة وبيدخلوا وبتسلم مريم على الست اللي قاعدة:

السلام عليكم يا عمة أسماء، عاملة إيه؟

- مين؟ مريم! وحشتيني يا غالية، كدة تنسي عمتك! ازيك يا أسامة عامل إي، عيالك قمر ما شاء الله.

بتسحب مريم أسماء على جنب وبتسألها:

- زينب فين؟

بترد أسماء عليها:

- عايزة زينب ليه بقا، احنا حابسِنها من ساعة مولعت في بيت هناء وعيالها الله يرحمهم.

مريم بتستغرب جدًا من كلامها وتقول:

- عمتي هناء ماتت بسبب زينب؟

فجأة بتدخل عليهم زينب بنت مريم وتسألهم:

- خالتي فين؟

فتبص أسماء على باقي الأسرة وبتلاقيهم بيتصوروا عند الشجر وبيضحكوا، فبتاخدهم أسماء وبتروح للغرفة بتاعة زينب وبتفتح عليها، مريم أول مبتشوف أختها بتتصدم من شكلها؛ كركوبة وشعرها أبيض ومريضة، وزينب بنتها واقفة وخايفة.

زينب أخت مريم شافتهم واتخضت، وقالت بصوتها العجوز:

- أنتِ جيتي يا حبيبتي! وحشتيني أوي...

الكل واقف بعيد... حتى أسماء بتخاف منها، إلا بنت مريم هي اللي خدت الخطوة ناحيتها ومخافتش ولا قلقت وكانت واثقة فيها، وواثقة حتى في ابتسامتها الكدابة، حتى في لحظة الخيانة اللي محدش حاسسها ومحدش بيفكر فيها... وكانت أول أسألتها:

- كنتي فين كل ده يا قلب خالتك؟

الموقف غريب بالنسبة للكل، وأحمد وحامد بره مش فاهمين حاجة ،وبيدخل عليهم أسامة وهو مرعوب وقلقان وبيرمي عليهم السلام ،فبتبصله زينب وتشكره على إنه جاب مريم وبنته يزوروها.

وبنت أسامة مستحملتش وسألت سؤال غريب:

- لي عملتي كده يا خالتي؟

فتبصلها زينب نظرة حزن وفيها ألم ووجع كبير وتجاوبها بكل توتر: علشان حبيت حسن.

فتبص زينب لأسماء عمتها وتطلب منها طلب؛ وهو إنها تروح الدار القديم؛ الدار اللي شهد كل اللي حصل، وشاف كل حاجة ، وبعد عِنْد شديد من جميع الأطراف بتمسك زينب بنت مريم إيد أسماء وبتقولها:

- علشان خاطري ممكن نروح ؟

وفي الآخر بتوافق، والمجموعة بتتحرك ناحية البيت والكل مستغرب التصرفات ،ولغاية دلوقتي أحمد وحامد ميعرفوش إنها خالتهم أو إنها تقربلهم أصلًا، مفكرين إنها ست كبيرة غريبة موجودة معانا وهنمشي وهننساها.

ولما وصلوا البيت الملعون اللي على بابه كلاب سودة ،لَقوا إن قاعد هناك حراس أغراب...

الباب مفتاحه مع زينب اللي بتقول:

- الهواء شديد النهارده...

- البوابة الحديد بتعمل صوت عالي، شكل في ضيوف.

أول مبتدخل زينب البيت بتفتكر كل حاجة؛ كل صرخة مع كدبة مع لحظة غدر ، فبتقف قدامهم كلهم وتقولهم جملة فيها معاني كتير:

-أنا زينب بنت إبراهيم السلماني، أخت مريم إبراهيم، عايزة أقول إني غلطت كتير أوي وأتمنى تسامحوني، أنا مش وحشة يا مريم والله، أنا عملت كل حاجة وأنا مش مركزة ولا فايقة ولا أي حاجة، محدش كان بيسمعني يا عمة.

طبعًا فيه اندهاش قوي من الاتنين حامد وأحمد، وهما الاتنين قالوا في صوت واحد:

- خالتي مين؟!

في لحظة اندهاش تانية على وش زينب بنت مريم وهي عايزة تعرف اللي حصل بالتفاصيل، والفضول خلَّا زينب بنت السلماني تقلق وتحرص، وأحمد وحامد بيطلبوا من أبوهم إنهم يطلعوا يقعدوا في العربية بره؛ علشان مش مرتاحين للمكان هنا، وتبدأ زينب حكايتها الغريبة، وتشاور على الأرض وتقول:

- أنا كنت هموت هنا؟

فمريم بتبصلها وتقولها:

- وقتلتي هنا برضو صح؟

- زينب: علشان كان لازم يموتوا، كان لازم أبوكي وأخوكي وأمك يموتوا.

- مريم: طب وحسن لي؟ عمتك هناء لي؟ جواهر وفاطمة لي؟

الجدال بيقف مع صرخة زينب بنت مريم اللي بتقول بصوت عالي:

- خالتو احكي من أول مكنتي هنا وبتتقتلي زي مبتقولي، وبتمسك إيدها وبتملس على وشها وبتقول:

- معلش يا حبيبتي... أنا جنبك يا خالتو.

كان في الناحية التانية أحمد وحامد قاعدين في عربية أبوهم، وأحمد بيفكر في الموضوع وبيتناقش في مع أخوه حامد، ومستغرب ظهور خالته ومستغرب اللي بيحصل، وإي حكاية أنا غلطانة دي، وكلام خالتهم الغريب اللي مش مفهوم، وحامد مستغرب جدًا وهما الاتنين مش مطمنين ،وبيروح ليهم أسامة ويسند على العربية، فبيبصله حامد ويقول:

- ليك أب أنت كمان منعرفوش؟

أسامة قال بعصبية:

- عايز إيه يلا؟ أنت مالك...

- أحمد: يا بابا احنا مش فاهمين أي حاجة من اللي بتحصل.

أسامة بيبص الناحية التانية وبيقولهم:

- مبقاش حد دلوقتي فاهم حاجة، بس الكل خسر للأسف.

أحمد بيقرب من أبوه وبيقوله:

- احكيلنا فيه إيه...

بنرجع لزينب وهي بتحكي اللي حصل كله ووصلت لغاية:

- فبعد ما خلصت على أحمد اللي كان هيقتلني في يوم، الشهوة قتلته؛ بسبب عينه والمتع اللي كان عايشها، هو اللي قتل نفسه لما مصدقنيش وصدقهم، ده حتى محدش فكر يكشف عليا... لا خالص، اقتلها... اخلص منها واغسل عارك...

فزينب سألتها:

- طب وقتلتي جواهر صحبتك لي؟ دي هي اللي أنقذتك.

بترد عليها زينب وهي مبتسمة:

- علشان أفضل حافظة سري، السر اللي بيطلع وبيبقى بين تلاتة ميبقاش سر ،جواهر كانت طيبة أوي بس كانت وحشة،

وأمها بنفسها قالت كده، وأبويا كمان كان السبب ...جواهر أبوها مات بسبب أبوكي يا مريم ،فاطمة جوزها مات بسبب جدك يا زينب ،وأنا مقتلتش أبويا.

بترفع مريم رأسها اللي كانت باصة للأرض وبتسألها:

- أُمَّال مين اللي دبح أبويا؟

زينب بتضحك جامد في ريأكشن مرعب وبتقول:

- تفتكري مين يا بت إبرهيم؟

- أسماء: فاطمة؟

في لحظة استغراب بتطلب زينب إنها تعرف جدها مات ازاي، فبتقرب زينب من عمود البيت الملعون، وتشاور على السما وتقول:

- نفس اللي قتل أحمد، هو اللي قتل أبوكي ...الحب وقلة الادب، سحر فكراها...

يترد مريم عليها:

- كان أخوكي أحمد بيزعق معاه كتير بسببها... بنت الأستورجي.

بتحط زينب إيدها على راس مريم وتقول:

- أهو أبوكي خد غرضه من البنية وسابها، سماح صحبتها فاطمة قربت منها ،ده طبعا بعد مقتلت جواهر، والسر فضل بين اتنين، فاطمة كانت زعلانة من أبوكي الصراحة، سماح قالت لفاطمة:

- شوفتي الراجل الضلالي خد البت يومين في مصر رجع بيها وسابها ؟

سماح معرفش هي اللي حكت السر ولا لا بس سحر كان نفسها تنتقم، الصدفة تجمعهم

فاطمة وسحر ومحسوبتك زينب... أنا أولعها...

فاطمة تتغل أكتر، والبت سحر أبوها مات غضبان عليها بعد معرف اللي حصل معها

واللعبة تحلو واليوم يبقى ساعتين، وسحر بتفتكر أيام مصر وليالي مصر وبتطلب إنها تقابل أبوكي يا مريم هنا ،عارفة لي؟

علشان تستلمه أم جواهر الحلوة ،أمك بقا ربنا يجازيها مطرح مراحت مزعلتش على أحمد أخوكي، وده كان على يدك، ويستي لو مكنتيش تعرفي ...أبوكي جه ومعاه الأكل الغالي

والشرب الغالي وبيقابل حبيبتك سحر، وهي بتدلعه وتشخلعه، وتقوله وحشتني ،وتطلب منه تروح الحمام، وتروح وتدخل فاطمة معاها سكنتها الحلوة ويندبح زي الخرفان في العيد، كنت أنا بقى بخنق سحر ،عارفة لي؟

بترد زينب بنت مريم وعينها فيها دموع:

- علشان السر صح؟

- بالظبط ...السر، وخلصنا على أبوكي وعلى سحر، دفنا أبوكي وسبنا سحر ،الحكومة تاني يوم عرفت اللي حصل، ولما حصلت التحقيقات الكل شك في إبراهيم السلماني إن هو اللي قتلها، وبسبب الفضيحة الراجل أبو سحر من حسرته مات، وأنتِ عارفة لو حد عرف حاجة من أهل العزبة ،العزبة كلها هتعرف.

فاطمة انتقمت وانبسطت، مكنش ناقص غير أخوكي وأمك، وحبيب قلبي حسن اللي يعني مبقاش بيتكلم بسبب غل أخوكي وأبوكي ،أمك كان أمرها سهل بفاطمة برضو، أول مراحت عند البيت دخلت عليها وسلمت: ازيك يَمَّا عاملة إي؟ ولا أجدعها دلالة معاها طرح سودة كبيرة من اللي أمك بتحبها، ومع الضحكة والابتسامة فاطمة بتحط أحلى سم في البلد في قهوة أمك، وأمك تشرب وتنسى، الكلام ده بعد مأخوكي هج وبقينا

منعرفش عنه حاجة ،وأنتِ عمك كمل تربيتك، وجهزك وجوزك لأسامة اللي حافظ عليكي ،أما أنا بقا كان معايا حوار لطيف مع فاطمة...

السر مينفعش يفضل بين اتنين بس... فكان لازم أخلص من فاطمة بعد مقتلت أمك؛ علشان لو الحكومة جابتهاكنا هنتكشف كلنا بسببها، وبعد مخلصت عليها الناس فضلت تردد:

- زينب بنت الحج إبراهيم هتنتقم، زينب بنت الحج إبراهيم هتنتقم...

مكنتش فاهمة وقتها، بس الكلب اللي اسمه نفادي اللي كان شغال مع أبوكي قال إنهم قتلوني؛ علشان سمع أبويا وهو بيأمر أحمد إنه يقتلني ،فالعزبة كلها بعد جوازك بقت بتذكرني، وكله بقا يقول إني راجعة أنتقم من كل الناس اللي ظلموني والناس الظالمة عامة؛ علشان اللي اتقتل كان وحش ...إلا حسن... دانا كنت بحبه والله ،بس مكنش ينفع يحط إيده على بنت غيري، فكان لازم أقتله بأي طريقة، كان لازم يموت بأي ثمن ،حسن ضحية من ضحايا أبوكي، أنتِ تعرفي حاجة عنهم؟

بتوقفها زينب في وسط الكلام وبتقولها:

- أنتِ جالك قلب تعملي كل ده ازاي؟

فتبتسم زينب الكبيرة وتقولها بكل هدوء وهي بتشاور على قلبها:

- ده... مات من ساعة معرف إن حسن مش هيبقى معاه، مات لما حسن راح حب واحدة غيري ،أنتِ متعرفيش حاجة من اللي حصلت.

أسماء في ظل الدموع اللي كانت في عنيها قالت:

- استفدنا إي يا زينب بعد كل ده؟

مريم بترد عليها:

- بالعكس... خسرنا ناس كتير... ناس بنحبهم... بس أنا بحبك يا زينب والله.

زينب بنت مريم بقت في توهة كبيرة، بقت مش عارفة تاخد زينب في حضنها ولا ترميها للأيام ،ولّا ترجع بلادها، ولّا تعمل فيها زي معملت في الناس، وبقى على لسانها كلمة: "الحب يعمل كل ده"

المكان هادي والذكريات بتلف حواليهم، والدموع بتخلي العين تلمع ،وبقا الكل تراب، المكان بقى غريب بس لسه الذكريات هنا.

بيدخل أسامة جري عليهم وهو بيصرخ:

- الحوقنا يا جدعان... الحقونا في حاجة غلط بره.

بتخرج مريم وزينب وباقي الموجودين، فبيشوفوا جراد مالي السما، ومفيش على لسان أسماء غير نفس الجملة:

- خش جوه... خش جوه واقفل الباب...

بيدخل أسامة وعياله ويسنكروا الباب من جوه لغاية ما الجو يخف بره شويه، و لما بقا الكل قدام زينب بعد اللي حكِته، وبعد اللي سمعه أحمد وحامد من أبوهم بقوا خايفين يقربوا من زينب ، بقت مرعبة بالنسبالهم.

العيون بتارقب زينب أكتر وأكتر، ومحدش عارف إي اللي هيحصل أو هيجرى إيه، بس أسامة كان محضر في دماغه إن أول مييجي المفر هياخد عياله وهيمشي. المكان بيزيد خنقة والجو بدأ يقفل، والنفس بيزيد وكل ما الباب يتفتح الجراد يزيد على الباب وتحس إنه جيش في كل مكان، وأحمد مرعوب من كل شيء وحامد برضو، فبيقرر أسامة يشوف شبكة ويحاول يتصل بحد؛ علشان يعرف يمشي، ويقولهم:

- خليكم هنا، أنا هحاول أتصل بحد.

وهو ماشي مريم بتمسك إيده وتقوله:

- خلي بالك من نفسك يا حبيبي.

وكأنها حاسة إن فيه حاجة هتحصل، وزينب هتعلن الحرب عليهم كلهم وأولهم مريم، وفي الناحية التانية حسن بيحاول يوصل لزينب؛ علشان يطّمن عليها بس مش عارف ،وبيحاول يوصل لأي حاجة ليها زي صحابة ليها في الكلية مثلًا ،وكان قلقان جدًا عليها ومتوتر جدًا، بس قدر يتواصل مع الدكتور اللي كان بيشرحلها الجزء بتاع الأساطير، وبيحكيله على اللي زينب فيه...

فالدكتور بيستغرب جدًا من كلامه وبيخبط على كتفه ويقوله:

- يعم دي أسطورة من سنين فاتت، أكيد لا، متخليش الوهم ياخدك... واستهون بكل كلمة قالها ومصدقهوش ،محدش كان مصدق حسن للأسف، زي زمان لما مكنش مصدق حسن إنه ملمسش زينب، وهو ماشي وخارج من باب الكلية بينده عليه شاب قصير وبنضارة ماسك في إيده ملازم كتير جدًا، وقاله:

- ازيك... أنا هساعدك في اللي أنت بتدور عليه.

بيتسغرب حسن جدًا وبيقوله:

- أنت مين بالظبط؟

فبيرد الشاب ويقوله:

- أنا إسلام شوقي، طالب في كلية آثار، وعارف أنت بتدور على إيه.

بيبتسم حسن ويقوله:

- هتساعدني ازاي بقا إن شاء الله.

فبيقوله إسلام:

- أنا كنت في مرة في الأقصر، وفيه بحث المفروض أخلصه هناك، وكنت معدي من جنب بيت قديم كده فسألت المسؤول هناك فقال: ده بيت تبع عيلة قديمة ليها حكاية من زمان، وبنتهم زينب أسطورة البيت والبلد كلها ،والبلد أصبحت فاضية مفيهاش إلا ناس قليلين أوي هما اللي يعرفوا السر ،فلو عايز تنقذها لازم نسافر ونروح للبيت القديم اللي بيكون عدى يومين عليهم في البيت وهما قاعدين جوه مش عارفين يخرجوا، وأسامة معرفش يوصل لحد وبيفضل الجراد مسيطر على الوضع، ومفيش لا أكل ولا شرب ،ولا في حياة إلا في الدار القديمة ،فبيتعصب حامد جدًا من الوضع وبيقف ويقول:

- أنا زهقت... أنا هخرج واللي يحصل يحصل.

ولما حط رجله بره البيت الجراد اتلم عليه، وأسامة وأحمد حاولوا ينقذوه من التجمع ده، لكن الجراد كان سيطر على منطقة الوش والعِنين والتهم جزء كبير من وشه لدرجة إنه فقد بصره، مع صويت من مريم بيتبعه:

- ابني... ابني...

وهو كان أول الضحايا اللي زينب عايزة تخلص منهم، وأسماء بتمسك زينب من كتفها وتقومها وتقولها:

- اسمعي يا بنت إبراهيم... لو دي لعبة من لعبك والله العظيم هدفنك هنا.

فبتضحك زينب في وشها وتقول:

- مالك يا عمة؟ أنا معملتش حاجة، مانا زي القمر أهو... وبتنفخ في وشها، ومع النفخة دي كانت روح أسماء طلعت، ومريم بعدت أكتر والكل اترعب، وشكل وصوت زينب بيتحولوا لشخص ضخم وصعب، ومحدش فاهم مين دي ولا إيه اللي حصل، وزينب بتضحك ضحكة عالية وبتقول:

- قال إيه... تدفني هنا، ده الأقوى منك معملهاش ،وبعد كده تبص لمريم وتقولها:

- يرضيكي تقولي هدفنك هنا؟ غبية... متعرفش إني مش بحبها وبحبك أنتِ.

مريم بتتعصب جدًا وتقولها:

- أنا بقا بكرهك... مش بحبك، أنا بكرهك يا زينب.

كل اللي واقف خايف وبيرجع، وبتحس إن فيه صوت مزيكا مخيفة، وإن القدر بيرجع، وإن الدم حنفيته مش بتتقفل، وبتغضب زينب وبتختفي... وأصبح البيت مفيهوش غير عيلة مريم وجثة أسماء والكل قاعد حواليها، أحمد بيعيط وبيقول:

- هنعمل إي يا ماما؟

وكان الرد صمت...

محدش عارف اللي جي إيه، ومحدش عارف إيه اللي بيحصل.

إسلام وحسن وصلوا العزبة وجم عند البيت، وبيشاور إسلام بإن هنا البيت اللي بيدور عليه، بيبصوا لبعض والاتنين خايفين، وفي نفس الوقت بيسألوا نفس السؤال:

- هنعمل إي؟

بيرد حسن ويقول:

- هما جوه... عربية أستاذ اسامة هنا... ومبيكملش الكلمة وبيعدي شخص من جنبهم، امشي يبني من هنا أنت لسه صغير، اللي بيجي هنا مش بيرجع.

بيرد عليه إسلام:

- اشمعنى يابا؟

- جوه المكان ده فيه غل وحقد وخيانة، وأكبر خاين كان الكبير بتاعهم، أخوك إبراهيم.

- ابعد يابني لو شاري نفسك، كان فيه هنا قبلك ناس، حسن بيضحك وبيقوله:

- طيب أنت هنا ليه؟

رده كان غريب:

- القدر مكتوب عليّا أونس زينب ومروحش، غلبانة برضو البنت، محدش معاها غير فاطمة الله يرحمها.

حسن بيتجاهل كلامه، وبيدخل بسرعة وحسن وراه، وبيخش ويفتح الباب يلاقيهم نايمين على الأرض كلهم فبيصحيهمذ وبتصحى زينب تحضنه وتقوله:

- الحمد لله إنك جيت.

ومريم بتصحى وتسأله:

- أنت مين؟

وأسامة بيصحى، وكل اللي نايم بيقوم، فبتسأله مريم تاني:

- أنت مين يبني؟

- بيرد عليها: مش مهم أنا مين دلوقتي، المهم أنتوا كويسين؟

بيرد أسامة:

- أه احنا تمام، بس في جثة هنا عايزين نبلغ عنها.

حسن بيرد ويسأله:

- جثة مين؟

بيشاور أسامة على الأرض ويقول:

- يبني جثة أسماء؟ إيه ده؟ الجثة اختفت ازاي؟ فين أسماء؟

بيلف حسن ويقوله:

- إسلام... مشوفتش حاجة على الأرض هنا؟

فيرد أحمد يقوله:

- بتكلم مين؟ أنت داخل لوحدك.

- فبيقوله: لا أنا كان معايا إسلام صاحبي، وهو اللي جابني هنا، بس معرفش راح فين.

بتدخل عليهم أسماء ومعاها رجالة من أهل البلد وبتقول:

- أنتِ ازاي تيجي وتدخلي البيت من غير متيجي عند عمتك يا مريم؟ مش عيب!

مريم بتقف هي والباقي وكلهم بيسألوا:

- أنتِ عايشة ازاي؟ أنتِ عايشة ازاي؟

مين مات لما مش أنتِ اللي مُتِّي...؟

بترد أسماء وبتقول:

- إي العبط ده؟ أنا كنت بايته عند مرات ابني، وحارس البيت جه قَلِّي إن فيه أغراب جم الدار، قولت أكيد أنتِ.

أسامة مستغرب وبيردد كلمة واحدة:

- أكيد كذب... ده كذب صح؟

وحسن واقف مش فاهم حاجة، ولسا برضو مقتنع إن إسلام كان معاه.

أهل البلد بيخرجوا من الدار، وزينب ماسكة في إيد حسن، وأسامة متبت في عياله ومراته والمفروض رايحين العربية، وفجأة بتوجه أسماء سؤال لمريم:

- مش المفروض تزوري أختك في التُّرب؟

فبتتفاجأ مريم وتقولها:

- هي زينب ماتت امتى؟

بترد أسماء عليها:

- من 5 سنين، ماتت بنزيف حاد، كنا بنتصل بيكي بس كان تليفونك دايمًا مغلق.

بترد زينب عليها:

- يعني إي خالتي ميتة؟ أومال مين اللي كانت جوه معانا؟! ازاي يا بابا ميتة؟ أنا كنت بحضن مين يا ماما؟ والله يا حسن عايشة وكانت هنا والله بتحكي الحكاية؛ حكت هي قتلت ازاي ومين، وبصت لأسماء وقالت:

- زينب عايشة وأنتِ اللي ميتة، طب أخويا اتعور ازاي، من الجراد ولا هنقول لا ؟

بقت عيلة أسامة في حيرة كبيرة جدًا محدش عارفها؛ بسبب إن في لغبطة، أهم شيء دلوقتي إن أسامة يمشي هو وعياله من المكان ده.

بيحاول أسامة يدور العربية بس هي مش عايزة تمشي ولا تقوم ،فبيبص لحسن ويقوله:

- هي العربية عطلانه ليه؟

وبينزل يحاول يبص عليها وبرضو مبيفهمش إيه سبب العطل ده، فبيطلب من حد إنه يجيب مكانيكي يصلحها ،فيرد حد من الرجالة اللي واقفة:

- مفيش حد هييجي هنا، الحتة دي محدش بيقرب منها ،ممكن تباتوا عند الحجَّة أسماء، والرجالة هيشيلوا العربية دي بالونش الصبح.

- بترد زينب: أنا مش هبات عند حد...؟

فأسامة بيقوله:

- مينفعش تتشال دلوقتي؟

بيرد عليه الراجل ويقوله:

- يا بيه الصباح رباح، وكدا أمان ليك ولعيالك.

بيقرب أسامة منهم ويقولهم:

- احنا نستحمل النهارده ومنِّمش لغاية بكرة؛ علشان نمشي ونروح المستشفى نشوف حامد ماله ونبات هناك.

فبيلف حسن وبيقول:

- احنا عايزين مستشفى نشوف أخويا ماله لغاية ما العربية تتشال.

وفعلًا راحوا كلهم مستشفى قريبة، وهناك كانت الصدمة... إن حسن شاف إسلام، وأول ما شافه جري عليه وقاله:

- أنت موجود معانا صح؟

فإسلام بيقوله:

- أه أنت اللي مكنتش موجود، كان فيه كلب عضني في رجلي وسحبني، وفضلت أنادي عليك وأنت ولا أنت هنا، ولا حتى اتصلت ،أنت جيت لي؟

بيرد حسن ويقوله:

- آسف والله مخدش بالي، أنا جيت؛ علشان حامد الجراد أكل وشه، وهنشوف ماله لغاية بكرة.

فرد وقاله:

- بسيطة يعم... المهم أنتوا كلكم كويسين؟

- فيرد حسن بكل حزن: لا للأسف.

وبيجي الدور على حامد إنه يدخل يكشف، فالدكتور بيحط إيده على الجرح ويسألهم:

- هو اتحرق ازاي؟

فحسن بيقوله:

- يا دكتور ده جراد.

الدكتور ابتسم باستغراب وقال:

- جراد ازاي؟ دي حرق ونار لمست جسمه، مفيش جراد يعمل كده، هو ده حصل فين؟

- فبترد زينب: في بيت السلماني...

فبيشيل الدكتور إيده من على الجرح ويقولهم:

- لا إله إلا الله، أنتوا رحتوا هناك ليه...؟ عامة المرهم ده هيبقى كويس.

فبيمسك حسن إيده وبيسأله:

- هو احنا ممكن نبات هنا؟

بيرد عليه الدكتور ويقول:

- أنا مليش الحق إني أعمل كده.

- حسن بيزعل أوي وبيقوله:

- معلش يا دكتور ساعدنا، احنا فوج من كلية آثار وبنعمل بحث هنا، وهنتعب لو بيتنا بره، لغاية بكرة بس أرجوك.

وفعلًا وافق الدكتور على إن حامد يتحجز ومعاه أخواته حسن وأسامة وإسلام في المستشفى، والتلاتة واقفين مش فاهمين إيه اللي هيحصل بعد كده، وزيهم بالظبط زينب ومريم برضو مش فاهمين هيحصل إيه بعدين...

الفصل الثالث

تخاريف

يفيد بإيه الندم لو كان العاصي معيوب، لا كلامه جاب فايدة ولا حتى رده سكوت...

كان كل اللي يجي قدامها زمان يموت.

سفرة العدالة بتتبني، وزينب معاها العيلة...

- ناوية تعملي إي في أختك يا حلوة؟

- هقتلها مية مرة.

فيرد إبراهيم السلماني ويقولها:

- يبت عيب دي أختك.

- تقوله: هتبقى أغلي منك يابا؟ مش أنا قتلتك قبل كده...؟

بتضحك أمها وتقولها:

- أنتِ دايمًا وحشة كدا! سيبي البت تفرح بعيالها وجوزها يا حبيبة قلب حسن الأخرس...

بترد زينب عليها بسخرية:

- بقا أخرس؛ علشان جوزك هو اللي قطع لسانه، مكان خلّاه يمكن كان نفع، أنت يابا السبب فده.

بتدخل مريم عليهم شايلة صينية الشربات وداخلة بتعيط ،فأخوها أحمد يسألها:

- مالك يا حزينة...؟ مالك يا بومة...؟

- أنا وعيالي بايتين في المستشفى، عايزين نروح ومش عارفين.

بيرد عليها أبوها ويقولها:

- طب روحي عند عمتك.

مريم بتبعد عنه وتقوله:

- لا مش هروح، مش مرتاحة.

بيجي صوت من بعيد بينادي:

- يا ماما... يا ماما... الحقيني يا ماما...

وبتشوف أحمد جي يجري عليها مرعوب، وهي ريحاله بيمسكها أحمد ويسألها:

- رايحة فين؟ نصيبه كده هنعترض!

- وهي بتقول: ابني لا... ابني لا...

بتصحيها زينب من النوم:

- اصحي يا ماما... مالك في إي؟

بتقوم مريم من النوم مع رعب جامد وهي مخضوضة:

- أنا فين؟

بترد عليها زينب وتقولها:

- أنتِ في المستشفى يا حبيبتي، مالك؟

بتعيط مريم وتقولها:

- أنا حلمت إن أمي وأبويا، والزفتة زينب ومعاهم أحمد خالك قاعدين على سفرة وبيتكلموا ، وفجأة بيشدوني.

بتملس زينب على شعرها وتقولها:

- متخافيش يا حبيبتي، أنا جنبك.

وبتسألها مريم:

- هو أحمد فين؟

- بتقولها راح الحمام...

بتقوم مريم جري وتقولها:

- فين...؟ الحمام ده؟ وبتروح ناحية الحمام وبتنده:

- يا أحمد يا حبيبي أنت فين؟

وبتزق الباب وكانت الصدمة الكبيرة؛ أحمد مدبوح...

كانت صدمة وصريخ هستيري من مريم يخلي الكل يتجمع، وهيجريت عليه وأخدته في حضنها، المشهد صعب حد يتحمله، ولا عاقل ولا مجنون.

أحمد اتدبح في قلب حمام المستشفى من غير محد يحس، زينب بتقول أي كلام من صدمتها، وكل اللي شغالين في المستشفى واقفين، ولازم نتصل بالحكومة، والمستشفى مفيهاش كاميرات حتى؛ علشان نعرف مين اللي عمل كده، بس مريم هي الوحيدة اللي تعرف مين اللي عمل كده، ومستنية تقابله.

وهما في المستشفى والكل قاعد على أعصابه ومحدش فاهم حاجة، بتدخل عليهم أسماء

وبتمد إيدها لمريم وهي بتقول:

- البقاء لله يا حبيبتي.

بتقف مريم وتقولها:

- كل ده بسببكم... كل ده بسببكم ...حسبي الله فيكم، وتقولها: أنا قتلته، أكيد هي زينب، هو في غيرها بتحب الدم!

- فبتقولها: يا مريم أنتِ اللي لعبتي معاها، زينب ماتت من سنين بس لسه بتخوف، خلي بالك الحكومة مش جايه، هي بقت عارفة واللي بيدخل عش الدبابير مش بيخرج، وأنتِ دخلتي وقلبك جامد يا بنت إبراهيم، أنتِ جيتي وجبتي عيالك الجنينة اشربي بقا...

بيتعصب حسن جدًا وبيقولها:

- أنتِ مين يا ست أنتِ، وبتتكلمي كده ليه؟

بتضحك أسماء وتقوله:

- خلي بالك من نفسك يا حسن، ومن الناس اللي معاك.

وبتتحرك أسماء، بس بتمسكها مريم وتبوس إيدها وتقولها:

- والنبي يا عمة... أنا عايز أروح ومعايا ابني.

فبتحضنها زينب وتقولها:

- ربنا يستر.

وأسماء بتمشي من المسشفى، وإسلام بييجي وهو معاه الأكل ويقولهم:

- العربية تحت.

وبعد شوية بييجي واحد كبير محدش يعرفه من الواقفين ويسأل:

- في مريم؟

- أسامة بيسأله: حضرتك مين؟

- فالراجل بيقوله: أنا قريبكم من بعيد، كنت أعرف الحجّ وعايز أشوف مريم.

بتدخل مريم وتبص على الوش وتقوله:

- أنا شوفتك قبل كده؟

بيدخل وراها حسن ويقوله:

- مش أنت اللي قابلتني عند البيت وقولتلي متدخلش؟

- فمريم بتقوله اسكت أنت يا حسن، أنا عارفة مين ده، أنت أبو حسن صح؟

فيقولها:

- أه، أنا محمد العطار ...عاملة إيه يا مريم؟ أخبارك إيه؟

فتعيط مريم وتقوله:

- ابني اتقتل يابا.

- فيقولها: اللي قتله هو نفسه اللي قتل ابني، امشي معايا يا مريم بسرعة.

- بترد عليه: يا عم محمد أنا من ساعة ما جيت وأنا خايفة، مش عارفة أعيش، بقالي كام يوم هنا غم ونكد.

- فبيرد عليها: حافظي على اللي باقي منك، عيالك معاها...

بتمسك مريم إيد أسامة وتقوله:

- يلا بينا نمشي طيب، ونبقى نبلغ الشرطة في القاهرة، هما أكيد هيسعدونا.

يقولها أسامة:

- أنا موافق، وبدأوا يتحركوا فعلًا، وأخدوا حامد وزينب وجثة أحمد، وإسلام وحسن اتحركوا معاهم في شنطة العربية.

وأسماء واقفة شيفاهم من بعيد وهي بتقول:

- هتروح من جبروتها فين؟

وأثناء ما كانت العربية ماشية عادي، فجأة بتحصل حاجة غريبة؛ وهي إن البنزين بدأ يزيد جدًا، وده هيخلي العربية تنقلب في الهواء ،

والمنطقة كانت مقطوعة ومفيهاش حد خالص ،والكل خرج بسرعة من العربية إلا أسامة وجثة أحمد، والعربية كانت بتولع والموضوع كان صعب، ومريم دلوقتي عايشة أصعب فترات حياتها.

في الآخر محدش عرف يلحقهم غير راجل ومراته في قلب المكان، قدروا يحافظوا على الموقف وياخدوا الباقي للدار قريب من مكان الحادثة، ولما راحوا معاهم بدأوا يتكلموا معاهم ويسألوهم:

- أنتوا مين؟ وإيه اللي جابكم في الحتة دي؟

رَدّ عليهم إسلام وقال:

- طب ممكن بلاش الأسئلة دي؟ يعني نراعي ظروفها شويه، ده ماتوا ابنها وجوزها في يومين ورا بعض.

فبيرد عم ربيع الراجل اللي لحقهم ويقول:

- لا حول ولا قوة إلا بالله ،معلش يا بنتي... إن شاء الله الصبح هنطلع نجيب الجثمان ونصلي عليهم وندفنهم.

وبدأوا عياط هستيري من الكل، والحجَّة بتحاول تهديهم بس مش عارفة، وزينب ومريم خايفين من كل حاجة حواليهم ، مكنش بيريحها غير حضن حسن اللي بيهون عليها، واليوم يعدي والصبح ييجي، والحجَّة عفاف بتروح تصحي ربيع ، وهو بيروح على طول عند مكان الحادثة، وبيجيب هو والرجالة الجثمان بتاع جوزها ومعاه ابنها ،وتمت الصلاة عليهم ودفنوهم، وأكيد مكنش فيه عزاء.

بيدخل إسلام على ربيع والرجاله ويسألهم:

- هو أنتوا معندكمش تليفونات؟ الشبكة واقعة عندكم ومش عارفين نوصل لحد.

فيرد عليه ربيع:

- والله يبني من زمان ومفيش شبكات، يعتبر معزولين عن الناس، أنتوا مين بقا؟

فبيرد حسن بكل تلقائية:

- احنا ولاد الحج إبراهيم السلماني؟

يقوم ربيع من مكانه مفزوع ويقول بعلو صوته:

- ولاد مين...؟

فمريم بتسمعه، وبترد عليه والدموع في عتيها وتقول:

- أنا أخت زينب السلماني.

فالست عفاف تقوم مصوته، وربيع بيسكتها بسرعة، ويحط إيده على بُقَّها ويقوله:

- اسكتي... الناس أمانة ،وحصلكم إيه؟

فحكتله مريم كل حاجة حصلت، وربيع بيسمع ونفسه يساعد، فبيبصلها ويقولها:

- بصي يا بنتي... ربنا يعوض عليكي في اللي راح ،بس أختك اتظلمت، أنتوا ظلمتوها...

فمريم بتقوله:

- ظلمنا مين؟ احنا ظلمنا مين؟

دي قاتله العيلة كلها وبتخلص علينا واحد ورا التاني.

- فبيقولها: يا بنتي أختك ميتة من وهي داخلة في التلاتين سنة.

بترد عليه مريم وتقول:

- دي مخلصة على كل الناس اللي في عيلتنا، وأنت بتقولي ظالمين !على العموم احنا بكرة هنرجع القاهرة ممكن تساعدنا؟

فيرد يقولها:

- بكرة هجيب عربية بسوّاقها ييجي ياخدكم ويوصلكم القاهرة، وفعلًا الليل ييجي، وزينب بتقعد مع مريم للمرة الأولى من بعد كل اللي حصل وتقولها:

- ماما... أنا آسفة... آسفة على كل حاجة، أنا اللي زنيت عليكم إننا نيجي ،أنا السبب؛ لأني صممت إني آجي هنا، كل ده مكنش هيحصل لو كنا مجِناش ،ماما سامحيني.

بتحضنها مريم وتقولها:

- يا حبيبتي ده نصيبنا وقدرنا ولازم نرضى بيه هنقول إيه! أنتِ اللي فاضلة ، ربنا يخليكي ليا أنتِ وحامد يا رب، وأه الواد حسن جدع ومسبكيش خالص ،ربنا يبارك فيه يا رب وكمان واخد أخوكي في حضنه، هو في الدور اللي تحت نايم معاه الواد اللي اسمه إسلام ده ...يا رب رجعنا القاهرة على خير.

وبتفضل زينب في حضنها، وبيناموا ومبيحسوش بحاجة.

بعد مرور ثلاثة أشهر...

الساعة 5 الفجر بتوقيت محافظة القاهرة...

عندما تعود الأغنام إلى مواطنها، وعندما تشعر أن القبائل اجتمعت فتذكر أنك نجوت، تجلس بنت السلماني تتذكر طيبة زوجها وابنها، وتلوم نفسها أكثر من هذا النسل اللعين، ولم يتبقَّ سوى ابنتها الذي تشبه المتهم اسمًا وموضوعًا ،وخطيبها الذي لا يعلم سوى ما رأت عينه...

- يا بنات... يا بنات... احنا هنفضل ساكتين كدا ولا إيه؟ عايزين نجهز العروسة.

- زينب بترد: عروسة إيه؟ أنا مش هشغل ولا أغنية؛ بابا لسه معداش عليه سنة وحسن عار.

بتدخل مريم على البنات في الأوضة تقولهم، محدش ينزل صوره النهارده غير لما يقرأ الفاتحة.

كانت زينب مع كل حضن من صحبتها ومكالمة من حسن بتفتكر كل لحظة وحشة في حياتها.

شافت حاجات كتير وحشة وآخرهم زيارة الأقصر، بس مع كلام حسن ليها وسند أمها عرفت تتخطى ده.

ويشرف حسن البيت ومعاه أسرته، ومريم موجودة وعم زينب اللي بيرحب بيهم وبيسمعهم ،وزينب واقفة ورا الباب وفي قمة انبسطها، وبعد اعترافات كتير بينهم تمت خطوبتهم، وبقت زينب خلاص لحسن اللي كان بينهم قصة جميلة جدًا تحمل معاني الحب والجمال والكلام الرومانسي، وباب شقة مريم بيخبط في يوم، فتفتح مريم الباب وتلاقي ست أول مرة تشوفها ، فبتسألها:

- أنتِ مين؟

فترد ذات العباية السوداء والقفطان:

- حضرتك بنت ابراهيم السلماني؟

فبترد عليها مريم وتقولها:

- أه، وحضرتكم مين؟

- أنا بنت محمد العطار، واللي في إيدي ده ابن حسن...

طبعًا في ظل رعب من مريم والرجوع خطواط بتقولها:

- ازيك يا حبيبتي، اتفضلي.

وبتحس كانت عايزة تقولها حاجات كتير ،بس بعد مدخلت باب الشقة بتظهر بنت مريم وبتسلم، وبعد التحيات بتعرف إنها أخت

حسن العطار بطل القصة القديمة ،فبتبدأ زينب تخاف، وبتتكلم هدى وهي قلقانة وبتقول:

- أنا عارفة إني جيت في الوقت الغلط، وجيت ازاي هنا...؟ واحد من أهل البلد كان وراكم من ساعة مكنتم عندنا، البلد ولعت لما أنتوا جيتوا.

بترد عليها زينب وتقولها:

- أنتوا عايزين مننا إيه؟ أبويا مات وأخويا كمان مات عندكم.

فبتبتسم هدى ابتسامة صغيرة وتقولها:

- أنتِ فاكرة إننا مبسوطين؟! محدش يعرف حاجة، ولا حتى أنتِ يا عروسة.

بتزعق مريم والعصبية باينة على وشها وتقول:

- يعني أنا دلوقتي مطلوب مني إي؟

بتقف هدى وتديها الواد وتقولها:

- ابن اختك ده يا مريم....

- مريم بتنصدم وتقول: ابن مين...؟

- هدى: ابن أختك زينب، وأقولك على حاجة... هو ابن أخويا كمان.

زينب بتسحبها كده وتقولها:

- ازاي ده يكون ابن خالتي؟ وامتى ده حصل، وازاي؟

هدى بتبعد إيدها من عليه وتقول:

- محدش مديني الفرصة أتكلم حتى.

بتقف زينب تاني وتقولها:

- ازاي الطفل ده ابن زينب؟ عدى ازاي على عمره؟ ازاي كل ده؟ أخوكي أصلًا اتقتل.

هدى تكلمها وتقولها:

- خالتك زينب ماتت من خمس سنين صح؟

- بترد عليها مريم وتقولها: صح.

- هدى بتقولها: كدا نقعد ونحكي.

زينب أختك يا مريم خلّقت الرعب في قلوب اللي في العزبة كلهم، لغاية من الناس سابت البلد ورحلوا، بس عادي يعني وأنتِ أكيد عارفة إنها بتحب أخويا، الحب وحش بقى ليه...؟

أختك لما الناس كانت بتشوفها يقوله جن وعفريت، وميعرفوش إنها كانت عايشة وأخويا كان أه أخرس، بس هي كانت بتفهمه ،بعد مخلصت على البلد كلها يعتبر، منهم اللي قتلتهم غصب ومنهم اللي خافوا منها ،خلّت أخويا معاها، لدرجة إننا قولنا أخويا مات وعايش بس مش بيتكلمِ من ساعة مبقى مع أختك وبشوفه في حلمي، ومن عشر سنين ظهر أخويا بس المرادي مكنش لوحده ،كان معاه آدم الصغير ده...

- من مين ده يا حسن وأنت عايش ممُتّش...؟ فدخلت وراه أعوذ بالله أختك وضحكتها مرعبة ووحشة وبتخلي جتّته تتلبش. أبويا جاله سكته قلبيه فيها ومات.

بتوقّفها مريم في الكلام وتقول:

- لحظة لحظة ...أنتِ أبوكي مات؟

بترد عليها هدي:

- أه، ده ميت من عشر سنين.

فبتستغرب زينب وبتسألها:

- أُمَّال مين قابلنا في المستشفى، وقَلِي امشي من المكان؟

بتستغرب هدى وتقولها:

- معرفش، وبتكمل قصتها وتقول:

- حسن فعلًا خلَّف من أختها وهو في سن كبير، وزينب بعد مقتلت أبويا برعبها خدت روح أخويا في نفس الدقيقة، وسَبتلي العيل ده، الواد مش بيتكلم زي أبوه ،ومفيش منه ردود أفعال، خليته في البيت براعي فيه وهو مش بيتكلم، ورُحت لعمتك قولتلها: الموضوع كذا كذا، قالتي

- أنا بنت أخويا ميتة، وبنت أخويا مش عارفة إي، ولما هددها بإني يختي هنعمل تحليل ونشوف قالتلي إنها حبساها، وإنها مش بتخرج، وجالي خبرها من خمس سنين، والمرادي الموتة اللي بجد ،ودلوقتي أختك وأخويا وأبويا وأبوكي وكل الناس ماتت إلا عمتك وأنتِ وأنا وآدم.

بترد عليها زينب وتقولها:

- هو ده فيلم كرتون؟

والصمت بيعُم على الكل، وبتشاور مريم لادم وتقوله تعالي:

- بيروح ليها طفل عادي زي كل الأطفال.،

فتسألها هدى:

- هتَخديه ولا أمشي أنا وآخده ولا كأنك سمعتي حاجة.

- فبتقولها مريم: معاكي تلفون؟

- تقولها أه، صغيرة كده؟

وبتاخد مريم رقمها وتقولها:

- خليه معاكي في البلد، ومن وقت للتاني أعزمك هنا تيجي وأشوفه، ولو عايزة أي حاجة... أي حاجة ابعتيلي على طول؟

وبيفضل الاستغراب مسطير عليهم، وكل ما مشكلة بتخلص بتظهر مشكلة جديدة، ومريم أصبحت مش قادرة تقاوم، وزينب كمان وحسن، وصلة الكلام كله استغراب جدًا من اللي بيحصل، وكانت أول أسألته:

- مين اللي قابلنا في االمستشفى؟

الموضوع اتحول لحياة واقعية بينهم هما بس ،ومحدش يعرف إي بيحصل ولا إي هيجرى بعد كده، بس اللي نعرفه دلوقتي إنه من نسل زينب السلماني، والنسل ده هيكون مختلف تمامًا بتروح هدى للبلد ومعاها آدم.

بيقبلها واحد من حراس الدار القديمة ويقولها:

- كلمي الحجّة عايزاكي:

- الحجة أسماء!

اللي بتكون عرفت إن هدى راحت لمريم في القاهرة؛ علشان تفتح عليها نار الكلام و تسألها:

- روحتي ليه عند مريم يا بنت محمد؟

- بترد هدى بخوف وبتنكر إنها مرحتش هناك، ولكن بتواجهها بإنها كانت مرقباها وعارفة كل تفاصيلها.

فأسماء تقولها:

- رايحة تقوليلها على آدم ابن زينب صح ؟ خايفة؟ خايفة على الواد؟ ده كلام أسماء المريب اللي بتتكلم بكل هدوء وحماس،

فتبصلها هدى بابتسامة وبترد عليها بكل ثقة:

- لا مش خايفة ،عمري ما خُفت على الواد ده عارفة لي؟ علشان ابن زينب، وما أدراكي ما زينب، ولا نسيتي؟ زينب ما شاء الله بصمتها في كل جثة في العزبة، واشهدي أنتِ نفسك خايفة.

بترد عليها أسماء بعصبية:

- أخوكي اللي خان رغم اللي حصل.

تقاطعها هدى وتقول:

- أختك اللي انانية.

وبتشاور على آدم اللي مش بيتكلم، واللي مستغرب اللي بيحصل كله وتقولها:

- ذنبه إي الواد ده يبقى كده؟ ذنبه إيه يترعب ويخاف ويقلق من حاجة؟ فين أبوه ها؟ بنت أخوكي قتلته صح؟

فين أمه؟ واحدة اعوذ بلله منها فين جده و سته فين كل ده ؟

قلبك خايف ومرعوب يا أسماء ومش مصدقة نفسك، أنتِ الضحية الجاية يا قطة، ومتخافيش زينب مش هتسِبنا.

بتضحك أسماء في وشها وتقول:

- زينب ماتت.

بتحضنها هدّ تقولها:

- كلنا ميتين... بس بنت أخوكي ممتتش، وتسيبها وتخرج هدى وفي إيدها آدم الطفل الغريب، اللي يشبه حسن و واخد ملامح من زينب السلمانية في ظل ده مريم، وزينب في تفكير مستمر والحيرة كبيره.

- مين العيل ده؟ وبيعمل إيه، وظهر لي؟ مع سؤال مين الراجل اللي جَلنا المستشفى؟

وكان لازم حسن يدور على إسلام، اللي على ما يفتكر حسن إنه في كلية آثار نفس جامعة زينب...

آدم في حضن عمته وبيبوسها، وهي بتدلعه وكل حاجة جميلة.

وتبدأ هدى تقوله:

- أنا هقولك سر، بس يا حبيبي متقولش لحد عليه.

وهو يهز دماغه اللي شعرها خفيف وبيبتسم في وشها...

عارف... أمك دي كانت بنت حلوة أوي، البلد كلها كانت بتجري وراها بس هي حبت أبوك، أصل **أبوك** كان جنتل، مش دي الكلمة اللي بيقولوها على الناس الحلوة القمر! فباع نفسه، وكلامه راح وبرضو حب أمك وهربوا، مع إن أمك كانت منفسنة ووحشة؛ خلصت على عيلتها كلها والبلد كلها عارفة، سيرتها تخوف... ربنا يحفظنا منها ،وقال إي يخويا أبوك يرجع وهي في إيده وبقوله جبتها منين، يقول هي اللي تتكلم ،وأنت وقتها كنت معاهم، وهي اللي قتلت جدك ،بس أنا حسيت إن أخويا عمل حاجة وحشة؛ علشان زينب كانت في آخر لحظة بتعامل أبوك بخوف ورعب، بس إني أعرف هي إيه معرفش ، بس أمك جتلي في المنام وقالتلي أخلّي بالي منك وأترحَّم على حسن ،معرفش جتلي ليه بس يلا مأذتنيش، وأنا أهو لسه

عايشة ،عايزاك لما تكبر متسبنيش يا آدم، متسبش عمتك ،أنا مليش غيرك دلوقتي يبني والله...

طبعًا كل الكلام ده مع تحسيس على راس آدم، بتخليه يشعر إنها حدوتة قبل النوم ،وتنام هدى ومعاها آدم، ولكن بتصحى على حاجة غريبة جدًا، ولكن مش أغرب من رد فعل إسلام لما عرف إن زينب ليها طفل ،وكان عنده اقتراح؛ وهو زيارة دكتور المادة اللي أصلًا هو اللي فتح الموضوع؛ لأن ممكن يكون عنده علم، وهنا كانت الصدمة بالنسبة لإسلام وحسن؛ والصدمة هي إن الدكتور اتقتل من أسبوعين في الشارع ؛ بسبب حادثة عربية، وكان رد فعل حسن هادي وده ظهر لما قال:

- طبيعي، قضاء وقدر، شيء عادي.

بس اللي مكنش عادي هي الرسالة اللي كان عايز يوصلها لإسلام على لسان أحد الطلاب، الل جالهم وقلُّهم:

- الدكتور كان بيدور عليكم قبل ميموت، وكان بيسألنا كلنا عليك يا إسلام، وعلى حد كده سأله من فترة على بنت في بلد بعيدة عايز ييوصلها.

كلام صدف مش كده وأقرب للخيال؟ بس ده اللي حصل فعلًا، بس اللي مكنتش عادي هو صحيان آدم من عز نومه بالليل وإنه يروح لهدى عمته ويقولها:

- عمتو... عمتو...

فتصحى هدى على صوت آدم وتستغرب جدًا وبتسأله:

- أنت بتتكلم يا حبيبي؟

وبتحضنه وبتضمه عليها وهي متأثرة أوي، لكن الجملة اللي قالها آدم صدمتها:

- ماما بتقولك تعالي غيريلي هدومي.

فبترجع هدى كام خطوة لورا وبتقوله:

- ماما مين؟

فآدم بيشاور ناحية الصالة وبيقول:

- ماما دي يا عمتو...

فبتقوله:

- بس مفيش حد واقف...

رجوع زينب ممكن يسبب الرعب لناس كتير أولهم هدى...

لما هدى بصت ملقيتش أي حد موجود في الصالة زي ما هو بيقول، حضنته وقالتله:

- يلّا يا حبيبي نام دلوقتي وبكرة هغيرلك.

الموضوع مرعب بالنسبة لهدى، وكان لازم أسماء تعرف اللي حصل ده؛ لازم تعرف إن آدم بيتكلم، وإنه شاف أمه، وده احتمال إنها ممكن تكون فتحت باب النار عليهم كلهم، وإن ده مش شيء طبيعي.

وتاني يوم فعلًا راحت هدى لأسماء ،بس أسماء قابلتها برد وحش جدًا وأسلوب مش حلو، لغاية مطلبت هدى إنها تديها فرصة تسمعها، وكانت أول كلمة قالتها هدى:

- آدم شاف زينب ونطق.

وأسماء مش بتصدقها وبتقولها:

دي لعبة جديدة من ألاعيبك صح؟

ولما روحت هدى للبيت لقت آدم بيلعب في الصالة عادي، فقالتله:

- مالك جعان؟

بيرد آدم مبتسم جدًا ويقولها:

- ماما حضرتلي أكل ومشيت.

فهي بتستغرب برضو وبتقوله:

- حبيبي ماما مين؟

آدم بيكمل لعب وكأنه مسمعهاش، وهدى بتقرر إنها تحكي لمريم كل حاجة عن آدم واللي بيقوله عن أمه زينب إنها موجودة، ودايمًا كمان فيه توتر عند هدى من إن زينب راجعة، بس السؤال راجعة لمين؟ كان فيه قلق وخوف وخيانة من ناس كتير أولهم حسن خطيب زينب اللي بدأ ينجذب لبنت تانية؛ وهي صديقة زينب اللي كانت معاها في قراية فاتحتهم، مع إنه عايش معاهم في كل القصص، ويعرف كل التفاصيل اللي كانت زينب عيشاها وأمها مريم، وبدأ يزهق ويخاف بعد قصة حب كبيرة جدًا، ولكن كان كلام حسن الدايم إنه زهق من الحكايات دي ، وعايز يبعد بس مش دلوقتي، وتنحصر القصة دلوقتي على آدم وهدى، وطبعًا عارفين نهاية حسن إيه؟ وآدم بيصحى نهاية يوم مخيف بالنسبة لهدى وبيدها ورقة... اللي كان مكتوب فيها تسبب في رعب كبير لهدى:

- خلي بالك من ابني... أنتِ ملكيش دعوة بحاجة.

بعد متقرأ هدى الرسالة بتسإل آدم:

- هو مين اداك الورقة دي؟

طبعًا قالتها بأسلوب متلعثم وبتوتر، وآدم يشاور برة ويقول:

- ماما قالتلي اديها لعمتك ومشيت...

بتحضنه هدى وتقوله:

- خير يا حبيبي... وبتحاول جسمها على النبتة البلدي، وبتقول في نفسها:

- الموضوع بيزداد صعوبة ،وتقريبًا مش هتنتهي.

نامت هدى ودماغها فيها مليون حاجة، بس أول حاجة قررت تعملها هدى لما تصحى هي إنها تاخد آدم وتطلع على مصر وتروح بالذات لمريم، كان لازم مريم تعرف اللي حصل وتعرف إن آدم اتكلم وإنه بيحصل معاه كل ده.

ولما كانت هدى ماشية في البلد قَّرب وقت الفجر بيقابلها راجل من رجالة أسماء ويسألها: رايحة فين يا ست؟

هدى بتستغرب جدًا، وبتحاول تبعد عنه لكن بيقولها إن الحَجّة أسماء عايزاها، فلما بتروح أسماء بتسألها:

- كنتي رايحة لمريم صح؟

فبترد هدى عليها بعصبية وتقولها:

- تبعد عننا وتسيبيها في حالها، لكن أسماء بتقرر حبسهم الاتنين وتخلي محدش يعرف عنهم أثر خالص

وفي نفس الوقت مع حسن اللي خلاص وقع في حب واحدة تانية، ومريم اللي بدأت تحس إن الدنيا مستقرة، وزينب مبسوطة، والحياة جميلة جدًا ومفيهاش أي مشاكل.

كان إسلام بيحاول يحلل أسئلة الدكتور، ويعرف كان إي الغرض منها، كان عايز يوصل للسر ليه، أما حسن بقى فعايش قصتين حب مع زينب و صحبتها، وكان ممثل شاطر جدًا، ويعتبر الشخص الوحيد اللي أصبحت زينب بتثق فيه جدًا بعد كل اللي حصل الأيام واللي فاتت، وفي يوم غريب كان فيه حسن مع زينب في البيت، و قاعد وبيحكي يوم ومواقف قديمة ،وبتقرر مريم تقوم تعمل قهوة ليه، وفرصة تسيبهم براحتهم.

وبيقرب حسن منها و ي بتحاول تبعده، فبيسألها حسن:

- هو أنتِ خايفة مني؟

فزينب بتقوله:

- لا مش خايفة، أنا متوترة بس... في ظل التقريب بيطلب حسن منها حاجة غريبة وبيقولها:

- متخافيش، خليكي واثقة فيا.

وبالفعل هي بتثق فيه ثقة كاملة، فيحصل شيء غير متوقع، وأسماء دلوقتي في حيرة كبيرة، محتارة هتعمل إي في آدم وهدى؟ أما هدى فهي عايشة في ندم كبير، وجنبها آدم بيعيط من غير سبب وهي بتحاول تصبره وتسكته، بتيجي الرسالة التانية لآدم وهو نايم على الأرض ،فبيقوم يكتبها بسرعة على الأرض:

- النار نور...

بتقرأها هدى وبتسأله:

- إي ده يا واد؟

فيرد عليها آدم:

- ماما بتقولك كده... في اللحظة اللي هو بقول فيها الكلمة بتدخل عليهم أسماء وتقولها:

- الواد أكَل؟

هدى مش بترد طبعًا عليها وبتتجاهل كلامها، فبتعيد أسماء نفس الكلمة، وكانت نفس طريقة الرد موجودة، لغاية مبتسأل أسماء:

- آدم فين؟

آدم اختفى من جنب هدى وأسماء، فأسماء بسرعة بتنده على الرجالة اللي واقفين على الباب وتسألهم:

- حد شاف الواد آدم؟

- لكن كان الرد لا، مع صويت من هدى، ولطم وتوتر من أسماء ،بيجري حد من الحرس ويقول بصوت عالي:

- الحقي يا حجَّة النخل بيولع بره، والنار ماسكة في الأرض كلها.

أسماء بتطلع تجري بره البيت؛ علشان تشوف هتعمل إي وهي بتقول بعض الجمل بتكرار:

- الأرض... الأرض...

والناس بتحاول تطفي الحريقة لكن النار كانت بتزيد، وفجأة هدى بتفتكر كلمة زينب "النار نور"، وبتلاقي آدم بيسحبها من إيدها وبيجري بيها، وهي بتجري معاه ومش واخدة بالها من حاجة.

كل شبر في العزبة بيولع ،والسبب مش معروف ولا مفهوم، بس الأكيد إن زينب ليها يد في ده، ومن الجري المستمر بين آدم وهدى بيوصلوا لحتة بعيدة بره العزبة، وبيبصوا على الحريقة من بعيد، لوحة العزبة اللي أصبحت جزء من جهنم ، النهاية اللي كانت مكتوبة للعزبة بكل شخص فيها ،والنار مش بتسكت، والناس اللي بره العزبة مستغربين، بس الحريقة دي كانت متوقعة من ناس قليلين ،والجمل اللي بتتردد جنب ودن هدى، تفتكر مين اللي عمل كده؟

علامة استفهام كبيرة جدًا، بس آدم بيتفرج وكأنه عايز يقول حاجات كتير منهم:

- دي بس بداية اللعبة...

الفصل الرابع والأخير

البوابة الحمراء

الشيطان مش هيرحم الإنسان المغرور ،في كل لحظة ثقة هيجعل قلبة حجر ،بس هييجي يوم وهتحس إنك ولا حاجة...

وهي دي النهاية...

فجأة بتيجي مكالمة لزينب في عز الليل، بيبدأ شخص بيتكلم:

- مساء الخير يا أستاذة زينب.

زينب بتتفاجأ طبعًا وبتسمع منه جملة صعبة جدًا:

- خطيب حضرتك مع واحدة تانية، ومبسوط معاها أوي، ياريت تخلي بالك منه...

طبعًا في صدمة كبيرة ظاهرة جدًا على زينب، وهي مش مصدقة طبعًا اللي اتقال، وعندها ثقة في حسن كبيرة جدًا.

تاني يوم الصبح الباب بيخبط في شقة مريم فبتلاقي آدم وهدى قدامها...

بعد الأحضان الكتير بتدخل هدى وتقول لمريم:

- أنا هسيب عندك آدم وهرجع العزبة.

فترد عليها مريم بكل حزن وتسألها: ليه؟ هو إي اللي حصل؟

فبتحكلها هدى على كل شيء حصل في العزبة؛ ومنها إن العزبة ولعت، وإن آدم نطق، وكل حاجة بتفاصيلها ،فمريم قلقت من آدم بس مفتكرتش إن فيه أذى ممكن يبجي من ناحيته ،ومريم كانت مع ترشيح زينب إن هدى وآدم يباتوا النهارده معاهم وميسافروش تاني، ويشوفوا شقة قريبة من هنا.

كانت زينب اتصلت بحسن وقالتله كل حاجة، وده خلاه يجيب إسلام وييجي ،آدم كان مصدر قلق وتوتر للبعض، خلق نوع من أنواع التباعد. وتمر الأيام... ولما كان آدم قاعد في البيت عادي في نفس الوقت خبر العزبة انتشر، فبيروح إسلام لزينب؛ علشان يحكلها ويقولها كل حاجة، وطبعًا حسن جه والكل كان قاعد ،وكانت الأخبار بتقول:

- كان هناك حريق ضخم في محافظة الأقصر، وبالأخصِّ في منطقة عزبة جهنم، التي كانت تحمل هذا اللقب العظيم في التاريخ و نشأة الأسطورة.

الخبر كان فظيع والصور كانت صعبة؛ مليانة أشكال حروق وتعذيب رهيبة، وكان السؤال اللي بيتسأل من ناحية إسلام هو:

- ازاي هدى هربت؟

ورغم كده فيه صحفيين كتير قالوا: إن السبب في الحريق هو غضب أسطورة بنت السلماني، اللي هو ربط الذكرى الأساسية بالحريق نفسه، وفيه اللي قال: ده أكيد ماس كهربائي عادي... بس الإجابة كانت عند آدم نفسه...

وبعد أيام... وفي ظل البحث الكبير مقدرش إسلام يوصل لأي سؤال منطقي من ناحية الدكتور، وكان شايف إنها صُدَف إنه يسأل عليه، وإن الموضوع طبيعي ،بس الحكاية هتبدأ بمرض هدى وحجزها في المستشفى؛ بسبب هبوط حاد في الدورة الدموية. آدم يقرب من زينب ويشاور عليها ويقولها:

- أنتِ حلوة أوي، وبيبتسم في وشها.

وهي تحضنه وتقوله:

- أنت اللي قمر، وتفضل تدلعه.

وفجأة بيشاور على بطنها ويقول:

- والنونو اللي جي ده بتاعي.

زينب بتبتسم عادي ومش بتفكر في الكلام، بس آدم بيكرر الكلمة تاني ويقولها:

- هتسمي النونو آدم ولا حسن؟

زينب بتضحك وتقوله:

- مين ده اللي هسميه؟!

فيرد عليها آدم ويقولها:

- النونو اللي في بطنك ده.

فزينب بتكشر شوية وهي مستغربة كلامه وتقوله:

- مفيش نونو...

فبيرد عليها آدم بكل براءة ويقولها:

لا فيه، أو هيبقى فيه متخافيش...

ولما هدى بتفوق من التعب الكل بيروح على بيته، بس زينب اتوترت وقررت تكتشف حاجة؛ وهي إنها تجيب جهاز لاكتشاف الحمل عندها، عشان تشوف هي فعلًا حامل زي ما قال آدم ولا لا، كلام طفل صغير قدر يأثر فيها من كل النواحي ،وفعلًا اشترت الجهاز، وكانت الصدمة الغريبة إن زينب حامل

من حسن، بدأ الخوف والرعب يظهر جامد على زينب وكمان القلق والتوتر ،مش عارفة تعمل إي ولا تقول إي، فكرت مليون مرة في كلام آدم، وطبعًا الشَّك حضَر ،وبدأت تقول لنفسها:

- لو حسن عرف هيعمل إيه...؟ هعمل إيه دلوقتي...؟ هتصرف ازاي...؟

دي كلها أسئلة موجودة في ذهن زينب مش عارفة إجابتها...

الوقت بيمر وفي أول لقاء بين زينب وآدم كانت زينب متوترة جدًا، فبتبص في عينه وتقوله:

- أنت مين؟ أنت حد بعتك أو حد مسلطك علينا؟

بيضحك آدم جامد وبيقولها:

- لا خالص، أنا محدش بعتني والله، وبيبدأ بيلعب معاها...

الأطفال جُمَال جدًا، ولكن الوضع مختلف بالذات مع آدم الطفل الغريب. مريم حاسة إن زينب فيها حاجة غريبة، بس لما سألتها، كان رد زينب:

- عادي... معنديش أي مشكلة، ده مجرد تخيلات في عقلك أنتِ يا مريم بس.

بعد أيام بنصحى على خبر موت حامد، المصاب من فترة ذهاب مريم وأسراتها، الموت جه لحامد بعد فترة تعب كبيرة وكان الموت مريح ليه، وده مخلاش مريم أو زينب تعيش نفس فترة الاكتاب اللي كانت مع أبوها أسامة وأخوها التاني، وكمان هدى كانت جنبها، وإسلام وحسن برضو، وكانت زينب بتتابعه من بعيد جدًا؛ وبتتابع تصرّفاته وشكله وكل حاجة تخصه، وكانت بتسأله:- أنت بتكلم مين؟

مريم كده مبقاش عايش معاها غير زينب وهدى، ومريم ضمّت آدم ليها؛ عشان يعوضها عن غياب حامد اللي هيأثر بشكل كبير عليها الفترة الجاية ...وبعد مرور أيام التفكير سيطر على زينب، فبيدخل آدم فجأة عليها الأوضة ويطلب منها طلب غريب جدًا؛ وهو إنها تيجي معاه البلكونة ،فتتفاجأ بآخر شخص ممكن يظهر ليها؛ وهي زينب السلماني...

ظهور زينب كان مدبر؛ لأنها عايزة تكلم بنت أختها، وكانت أول جملة تقولها:

- ازيك يا زينب؟ وازي أختي؟ يا رب تكونوا بخير. رد فعل زينب كان عادي، تحس إنها اتعودت على ظهور أشخاص مش موجودين، وكمان ناس خي ة، زينب بتشاور على آدم وتقولها:

- تعبك الواد ده؟

فزينب بتوجه ليها سؤال وتقولها:

- عايزة إيه؟

فزينب بترد عليها: أنا جاية ألحقك ...ألحقك من اللي أنتِ داخلة عليه؟ لي خلتيه يقرب منك؟ لي خلتيه يلمسك؟ لي عمل كده؟ لي... لي؟

بترد زينب وعنيهها فيها دموع وتقول:

- معرفش ازاي ده حصل، معرفش... أنا واثقة فيه، واللي حصل ده مش بإيدي ولا بإيده.

بتبتسم بنت السلماني وتقولها:

- ولما أنتِ واثقة فيه، لي محكتيش ليه اللي حصل؟ أنتِ خايفة يرميكي ويبيعك...؟ وبتحضن آدم وتقولها:

- شايفة... الواد ده ابن حسن، بس ما شاء الله... أبوه خان ، علشان كده مات ،شوفتي أنا عملت إي في حياتي كلها علشان حسن! تخيلي... بَعني وسَبني، وأنا اللي ضحيت بعمري وحياتي، وبعت أهلي، وسبت كل الناس؛ علشان حسن، فين حسن بقا؟

بترد عليها زينب: - أعرف ازاي إن حسن بيخونّي يا خالتي؟

بترد زينب وتقولها:

- قوليله: يا حسن تعالَ اتجوزني، لو اتحجج بحاجة صَارحيه بحملك.

فترد زينب عليها بتوتر:

- ولو رفض وأنكر؟

فبنت السلماني تبتسم وتقولها:

- تبقى بدأت جهنم بيته الجديد.

بتستغرب زينب من رد خالتها الغريب، وتفكر برضو في النهاية في اللي زينب بتقولها عليه، وفي اليوم التاني مريم بتدور على آدم في الشقة كلها ومش بتلاقيه غير في حضن زينب ، اللي بتصحى على صوت مكالمة مامتها مع حسن، واللي بتطلب زينب منه إنه يتصل بيها؛ علشان عايزاه، ولما بيتصل حسن بزينب بتقوله:

- عايزة أقابلك بس مش في البيت، عايزيين نتقابل بره.

وفعلًا بتتقابل هي وحسن بره وتقوله:

- فيه موضوع مهم وكبير لازم نشوفله حل...

وبعد تردد كبير من زينب بتقرر إنها تقول لحسن:

- حسن... أنا حامل...

كان رد فعل حسن غريب جدًا، ومكنش مُتَوقَّع بالنسبة لزينب، بعد مقالت الكلمة دي كان رد حسن بكل تلقائية:

- من مين؟

زينب بتستغرب جدًا وتقوله:

- هو إي اللي من مين؟

حسن بيحاول يبرر الرد ويقولها:

- احنا ممكن نحل المشكلة، وكان أول حل ذكره إنها تضحي بالطفل ده، ولكن بعد غضب من زينب بتقوله:

- بس فيه حل تاني؛ وهو إننا نتجوز...

حسن بيتوتر ويفضل بيقول كلام مش مفهوم، والمضمون منه إنه مش جاهز دلوقتي، فتروح زينب وهي بتدمع جامد ومصدومة ،وبيتفضل تفكر في كلام زينب وكل الذكريات اللي بينهم؛ كل كلمة حلوة وكل لحظة أمان بينهم زينب افتكرتها،

زينب كانت عايشة حلم جميل وصحيت على كبوس متألف ، وبتدخل الأوضة بتاعتها ومريم تدخل وراها؛ علشان حاسة إن فيها حاجة ،بس لما سألتها مريم فيه إيه؟ كان رد زينب:

- مفيش حاجة، أنا بس عايزة آدم.

مريم استغربت جدًا من الطلب ده؛ إنها عايزة آدم معاها في نفس الأوضة، بس زينب طلبت آدم لغرض؛ وهو إنها عايزة تقابل زينب خالتها تاني...

الليل بييجي ويجيب معاه كل حاجة، وآدم يساعد زينب إنها تقابل أمه، وأول ما شافتها أول حاجة اتقالت:

- انا عايزة أعرف بيخونِّي مع مين.

بترد زينب عليها وتقول:

- هتفرق معاكي؟

كانت الإجابة من زينب:

- اه... هتفرق جدًا كمان؛ هي أحلى مني؟ أجمل مني؟ شكل جسمها أحسن مني؟

ذكية، بتفهم؟ طب معندهاش مشاكل زيي طيب؟ إيه اللي فيها أحسن مني عشان يخوني معاها؟

بتقرب منها بنت السلماني وتحضنها وتقولها بصوت واطي جدًا:

- ظلمتوني لما خلصت على كل الناس، أنا قتلت البشر اللي ظلمتني، تعرفي يا زينب... أنا حبيت حسن جدًا، وكذبت على أمي وأبويا وقولت إنه غلط معايا؛ علشان أتجوزه بالغصب ، ولما قتلت أخويا وأبويا وكل اللي حوليه، رحتله لوحدي وقولتله:

- عايزة أبقى معاك، وهو مكنش بيتكلم، بس أنا كنت بفهمه والله ،فقرب مني وقَلِّي:

- عايزة إي أعملهولك؟

- قُلت: يا رب توبة وسامحني.

وفي يوم دخلت البيت لقيت واحدة في حضنه، وأنا كنت حامل في آدم وقتها ، وهو معرفش إني عارفة إنه بيخوني ، وسبته على عماه خالص، ونفس الحب والرومنسية، ولما خلفت آدم قهرته قصاد أبوه وأخته، أخته اللي نايمة جوه عندك دي ،دي مليانة أسرار كتير جدًا وقلبها أسود.

فزينب بتقولها:

- أعمل إي؟ أنا من إيدك دي لإيدك دي.

وهنا كانت بداية كل حاجة...

قتلته... قتلته؛ علشان بحبه، علشان كان لازم يموت من بدري، من ساعة مفكر في واحدة غيري... كان لازم يموت، أبويا كان المفروض يعيش هو وباقي اللي سابوا الحياة...

بس أنا السبب...

اليوم التاني... مع نهار جديد شايل حكايات...

بنحاول نسيب الشخص العزيز على قلوبنا؛ علشان خان العهد اللي بِنَّا... يعني تخيل شخص بقيت واثق فيه، وبقيت مسجل كل لحظة حلوة بينكم؛ علشان لما تشوفهم بعدين وتشوف فيهم الذكريات فتفرح!

أصعب أنواع الخيانة؛ هي إنك تخون كل ذكرى جميلة بِنَّا ،كل لحظة مش مترتبة ،كل كلمة هزار، وكل دقيقة حب ،كل حاجة...

كان لازم نفهم الحكاية من على لسان حد واثقين فيه ،ومكنش فيه غير مريم اللي خبت علينا كل حاجة خاصة بحكاية زينب ، ولما حست لدقايق إن الموضوع خطر، خرجت من الأوضة وقالت لكل اللي قاعد:

- أنا عايزة أروح العزبة.

ومع استغراب زينب بنتها، وابتسامة آدم الصغير تحس إن الموضوع مدبر ،ولما سألت زينب بنت مريم:

- هي إي الحكاية؟ مردتش مريم عليها وكانت بتقول:

- كل حاجة هتتعرف لما توصلي هناك...

وكان معاهم في المشوار حسن خطيب بنتها، اللي زينب مبقتش واثقة فيه، وإسلام اللي كان نقطة تحول لكل اللي حصل ،وطبعًا عمة آدم؛ الست هدى اللي خايفة تدخل العزبة تاني بعد اللي حصل ،ومع وصولها العزبة وخاصة البيت القديم اللي حصل فيه كل حاجة، بتقف مريم وتدي ضهرها للبيت وتقول:

- الحكاية لازم تتحكي صح... لكن كان فيه كذب ،وكان فيه حكاية وحشة ،وكان لازم نتعاقب... بس قبل أي كلام... اللي خان العهد لازم يتخان زي ما خان ،كل اللي مات كان لازم يموت؛ علشان اللي كنا واثقين فيهم طول عمرنا ومكنوش قد الثقة دي...

- إسلام: أنت أه مكنتش شخص من العيلة، بس كان وجودك مهم وسطنا .أما أنت يا حسن فأنت خليت بنتي حامل...

وأنتِ يا هدى... شكرًا إنك حافظتي على ابني طول الوقت ده.

فترد زينب وهي مستغربة جدًا:

- ابن مين؟

بتدمع مريم وتقول:

- ابني أنا يا زينب، آدم يبقى أخوكي.

علامة استفهام كبيرة جدًا وكان لازم القصة تتفهم...

بتبدأ مريم وتقول:

- المولد زمان كان بيلم كل الحبايب، وزينب أختي الله يرحمها كانت بتحب ابن العطار أوي ،بس هو عمره محبها، وزينب كانت بتلمح وكانت حلوة كده، وفي يوم كنت بغسل الصواني على أول الترعة لقيت الواد حسن جي من ضهري ونغزني كده، فاتخضيت أوي وقولتله:

- عيب ياض كده...

أنا كنت لسه صغيره مش بنت، بس هو عمل حاجة مينفعش تتعمل ،وقتها شافتنا زينب، وبعدها أنا تعبت، وقولنا تعب بنات عادي... مكنش حد عارف اللي حصل غير زينب بس، هي اللي كانت عارفة إني عبيطة ،عرفت إنها هتتجوز ابن العم

فراحت تزور الأولياء ،وجتلها فكرة إنها تنتقم منه؛ لأنه ظلم كتير؛ أولهم ظلمني، وتاني حاجة إنه محبهاش ،وغير كدا طبعًا اللي كان بيحصل في البيت ،أبويا كان بيحب البنات الصغيرة، وده بيضايق زينب، حتى صحاب البت مكنش عاتقهم، زينب بقى كانت طول عمرها في ضهري مسبتنيش، وبرغم اللي حصل... لما قالت إنها غلطت مع حسن وسألناه، هو مكذبش ساعة مقال لا، هو غلطت معايا أنا ،وبسبب كدا اتحكم عليها بالموت، بس لولا ستر ربنا ممتتش وقابلت فاطمة، ورغم كده زينب فضلت حياتها كلها توعدني إنها هتألف القصة كلها، وهتفضل تحكيها لغاية متموت، ومش هتفضحني ،وفعلًا ده اللي حصل لغاية النهارده، أما حسن فظهر تاني بعد مزينب المفروض إنها اتقتلت وقتلت أبوها، وكانت بتقولي كل حاجة بتحصل: - أبويا مات؛ بسبب غيظ زينب، بسبب كل حاجة حصلت لما زينب قالت لأحمد إنها مغلطتش، بسبب إن أحمد مصدقهاش ،وهي قتلت أحمد؛ علشان كده برضو، زينب لما كانت بتجيلي كانت بتقولي:

- أنا هخلص عليهم كلهم وأنتِ لا.

مع إن أنا اللي عملت كل ده مش هي، ولما راحت لأخوكي بعد ما كبرنا كان علشان كده، لما اتجوزت وخلفت زينب بعد ميعتبر

كل اللي أعرفهم اتقتلوا ...جالي جواب على البيت كده من عمر آدم ،كان مكتوب فيه:

- عايز أشوفك في العزبة يا حلوة.

معرفش مين ممكن يكون عايزني دلوقتي في العزبة، بالذات معنديش إلّا عماتي ،ولما رُحت هناك لقيت حسن أخوكي يا هدى، استغربت كتب كدا ازاي والمفروض صوابعه مقطوعة زي ما بابا عمل ،بس اكتشف إنه مركب أطراف صناعية في إيده وبيكتبلي كلام غريب ،كنت أول مرة أخاف من كل حاجة ، ولو كنت رفضت كان قال لجوزي على كل حاجة، وفعلًا خد اللي هو عايزه... وبقيت حامل في آدم ،وزينب كانت معايا في كل حتة، وكانت دايمًا جنبي ،وكذبت على أسامة وقولته:

- أنا حامل، وهو كان فرحان أوي.

وزينب قالتلي:

- أنتِ هتولدي وأنا هاخد العيل ده، وهنقول إنه مات، وهنرشي الدكتور بأي حاجة ،وده اللي حصل فعلًا، رُحت عيادة خاصة واتفقنا مع الدكتور أنا وزينب لوحدنا ،وقولنا:

- أنا هولد وأختي اللي هتاخدة وهنديك فلوس كتير ،وحصل كده بالفعل، وأسامة عرف إن ابنه مات والموضوع عدَّى، زينب

خدت آدم وراحت لحسن، وحسن كان متأكد إن آدم ابني أنا بس مكنش عارف يقاوم يقول إي، وزينب عملت حاجة غريبة؛ وهي إنها قطعت صوابع إيده؛ علشان ميقدرش يكتب حاجة تاني أو إنه يخلي حد غيره يعرف السر ،وبعدها قتلته قدامكم كلكم.

أما موت عيالي وأسامة؛ فده علشان أبوكي يا زينب بيكلم بنات كتير أوي، وياما قفشت تلفونه كده، وخالتك جتلي قبل كده وأنا بعيط وحكتلها، مش هيبقي مصيري زي مصير أمي ،وكان أبوكي كمان المفروض يروح معاهم، أما اللي حصل بقا من حرق العزبة أو موت ناس أو حتى شخصيات قبلناها ملهاش وجود؛ كل ده كان شيء مخطط ليه كويس جدًا ،وكانت الخطة ماشية زي مهي عايزة ،حتى حريق العزبة كان شيء مخطط ليه، بقت زينب أسطورة في المدينة كلها، وهي أصلًا مكنش ليها ذنب في أي حاجة ،بس زينب كانت عايشة قصة مؤلمة بسببي ،هي مش عايشة أصلًا، هي كانت كل يوم بتموت علشاني، النظرات تجاه مريم بقت مخيف أوي بعد كل حاجة اتحكت، وبيرد إسلام على كلام مريم وبيقول:

- إي ده؟

والكل بيبص لبعضه، والكل مستغرب اللي بيتقال

وأولهم زينب بنت مريم اللي بتكرر جملة واحدة وبتقول:

- أنتِ بتهزي صح؟

القصة مخيفة وكانت عكس المتوقع بالنسبة لإسلام ،إنما حسن مستغرب وفي دماغة مليون سؤال.

كان سؤال زينب:

- لي خبيتي كل ده علينا، وسِبتي كل ده يحصلِّي؟

أما إجابة مريم وهي الإجابة الأغرب بالنسبة ليهم كلهم:

- علشان كان لازم كل ده ميتحكيش دلوقتي.

فاصل من الوقت الغريب، ودقايق مخيفة بالنسبة لمريم وبالنسبة لزينب ،أما عن هدى فالسكوت كان بالنسبلها أفضل.

بتلف مريم وتبص على الدار، وتقول بصوت عالي جدًا:

- سامحيني يا حبيبتي على كل اللي حصل، أنتِ دلوقتي حرة، وكل اللي حوَلينا عرف ،وأنا واقفة تحت البيت وبقول الكلام على جثث أهل العزبة والكل سامعني ،أنتِ بريئة من كل اللي حصل، أنا السبب...

زينب دخلت في نوبة عياط رهيبة من الصدمة، والتوهان اللي هي عايشاه، والاستغراب الكامل، علشان كده أول ما كانت مريم بتقرب منها بتصرخ في وشها وتقولها:

- ابعدي عني... أنتِ مش أمي ...أمي مش كده ،أمي مش بتقتل، أنتِ أكيد شيطان ،أنتِ مين؟ كل ده بنبرة صريخ عالية، وبتزقها زينب؛ علشان تبعد عنها، اللي حكِته مريم كان فوق الخيال بمراحل، الموضوع كان صعب على كل اللي بيسمع ،وتمشي مريم وتخرج بره الدار كله ،وبتبص زينب لحسن وتقوله:

- أنت كمان مخبي عليا حاجة؟

زينب مبقاش عندها ثقة في أي شخص حواليها ،وهدى عايشة في وهم أخوها اللي هي استغربت اللي عمله، وبقت عايشة في دقايق مريبة ،وفي وسط حالة الخوف اللي موجودة آدم بيخرج بره الدار، وبيلاقي مريم على الأرض شبه ميت ،ومع الصريخ الهستيري اللي حصل من آدم، كانت زينب وهدى أول الناس اللي خرجت ،ولما نامت مريم على إيد زينب لمست وشها، وضحكتلها وقالت:

- أنا مش وحشة ...هما اللي وحشين يا زينب.

وماتت مريم بعد مقالت السر؛ السر اللي فضلت مخبياه طول عمرها ،وكانت دايمًا حاسة بالحزن إنها مقلتش عليه.

إسلام كان بيكتب كل اللي بيحصل، أما حسن فكان بالنسباله البُعد هو القرار الأخير ،فأصبحت زينب وحيدة هي وآدم والطفل اللي في بطنها ،وهدى مكنتش معاها، كانت شايفة قرار الاختفاء أحسن ،وانتهت حكاية زينب الأسطورة الغريبة اللي ظهرت واختفت ،وزينب البنت الجميلة اللي كانت بتدرس في الكلية وعايشة قصة حب جميلة جدًا ،بقت البنت المسؤولة عن طفل دلوقتي، وكمان فيه طفل تاني جي قدام.

بعد مرور سنة...

كان أسامة هو الطفل الجديد نور البيت، مع العلم إن حسن هو أبوه؛ علشان زينب مسبتش حقها، وفضلت وراه لغاية معترف إن أسامة ابنه.

وفي يوم كان آدم في المدرسة، وأسامة بيلعب في الجنينة ، بتيجي مكالمة من رقم غريب، وزينب بترد وتلاقيه أسامة، وبيطلب منها إنهم يتقابلوا ،ولما بيقابلها بيعترض على عدم سؤالها عليه واختفائها الدائم ،وبيقول:

- إنه هو معجب بيها جدًا، وإنه كان متابع المشاكل اللي بينها وبين حسن ،وبيضحك معها ويهزر ،ويقرب منها أكتر بس هي خايفة تقرب، وخايفة تقع تاني ،ولكن إسلام كان واقعي، ووعدها إنه هيستحمل، وإنه هيكون معاها دايمًا ،وإنه موافق بيها رغم اللي حصل معاها من مشاكل ومغامرات.

زينب ادته الثقة، وجعلت قلبها ليه هو وبس، ونسيت كل حاجة وحشة عدت ،بالعكس؛ دي عملت ذكريات جميلة في مدة صغيرة ،عكس حسن اللي زينب خلِّته في خانة الذكريات اللي مش عايزة تفتكرها، وبتقرر إن أسامة ابنها هي بس مش ابن حسن اللي خانها ،وبتتجوز هي وإسلام اللي كان قد المسؤولية، ويوم الفرح كان جميل جدًا من أول لحظة فيه؛ علشان زينب لبست فستان الفرح اللي كانت بتحلم بيه طول عمرها ،أه مش مع نفس الشخص اللي حلمت بيه، بس مع شخص أحسن منه بكتير.

وبيدخل إسلام عليها ويحضنها، وبيقولها:

- أنا كل لحظة كنت بحلم بيكي ،على فكرة أنا أعرفك من زمان جدًا ،أه والله... من ساعة سؤالك للدكتور، ولما اتكلمتي مع الدكتور ولقيت حسن جي بيسأل عليكي وكده أنا كنت هموت؛ علشان أنا كنت عايز أقرب منك، أه احنا مش نفس الكلية... بس

كنت بشوفك كتير، وكنت بحبك أوي وأنتِ متعرفيش ...مكنتيش شيفاني أصلًا ،وفرحت لما انضميت ليكم، وإني كنت دايمًا جنبك وبحميكي ،وزعلت أوي لما عرفت إنك حامل، وإن الشخص الزبالة ده عمل معاكي كده ،بس حبي ليكي مقلش، وأنا جيت أعوضك عن كل وحش كان في حياتك ...الأسطورة انتهت، ومكنتش زينب ولا كانت مامتك ،أنتِ الأسطورة اللي أنا كنت عايز أوصلها يا حبيبتي.

زينب من جمال الكلام بتدمع، وكأنها بتحلم... وبتحضن إسلام بكلم حماس وحب ،وكانت مكافأة الكفاح هي الوصول للحلم ، وكانت زينب أعظم انتصارات إسلام في الحياة ،أما عن آدم فهو دخل الأوضة بتاعته، ومسك الدُمية الجميلة وبدأ يقول:

- ماما، زينب اتجوزت إسلام، قولي لخاتلو بقا، وآه صح... أسامة عايز يجِلكم، وبيقولكم:

- أنتوا مجتوش بقالكم فترة ،أنتوا وحشتوني أوي .بس زينب ومريم عندهم مهمة تانية؛ وهي إنهم يباركوا لزينب وإسلام بنفسهم...

بتخرج زينب من أوضة نومها مع ضحكة خفيفة، وتلاقي مريم قدامها فتقول: - ماما؟

مساء الخير

أتمنى تكون بخير، أنا مش مجرد رواية تقرأها وتنبسط، وبعدها تتركن على مكتبك الصغير، أنت عملت كل حاجة ممكن تتعمل، العزبة كلها راحت ولسه هيحصل حاجات تانية، عايزك تفهم إن آدم مش عادي، وإن إسلام مش عادي ،وإنك أنت شخصيًا مش عادي ...بس أنا موجودة دايمًا، وأختي معاية ومش هنسيبكم.

'زينب ومريم السلماني"

"بخت الكتاتي يبيت الليل يهاتي، وبخت أم الشعور تبات الليل مقهور" (مثل صعيدي).

الحكاية أوقات بتبقى كذب في كذب، بس كان مهم نعرف مين غلط ومين صح...

الانسان بيغلط دايمًا في اختيار شخص؛ علشان خاطر الحب؟

مع إن الحب أحيانًا كتيرة جدًا بيكون سبب في خسارتك.

يوسف خالد

النهاية.